新潮文庫

動物たちのまーまー

一條次郎著

新潮社版

11267

目次

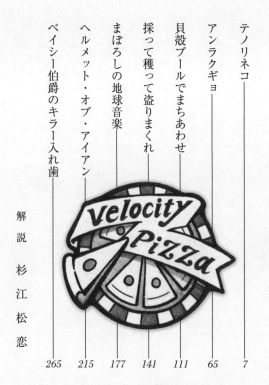

絵　木原未沙紀

動物たちのまーまー

mur・mur /mɚ́ːmɚ | mə́ːmə/ 名 C
❶(連続的な)**かすかな音**,(低い)**ざわめき**,(小川・木の葉・ハチなどの)さらさら[ぶーんと]いう音.
the ～ of traffic かすかに聞こえる人や車が往来するざわめき.
❷**ささやき**,かすかな人声.
a ～ of voices 低い話し声.
❸**不平[不満]のつぶやき**.
without a ～ 文句の一つも言わずに.
There are ～*s* of discontent everywhere. あっちでもこっちでも不満のつぶやきがささやかれている.
❹[a ～]〘医〙(聴診して聞こえる)心雑音.

(研究社 新英和中辞典第6版より)

テノリネコ

週末の夜、無職の友人のユージーンが玄関に立っていた。

「ネコを飼ったんだって?」

というユージーンの問いに、

「あずかってきただけだよ」

と、わたしはいつものようにかれをなかへ招き入れた。ユージーンは六本パックの瓶ビールを両手に抱えていた。見せてくれよ、おれはネコに目がないんだと腹をふるわせる友人に、わたしは手をひろげてそっとさしだした。

「テノリネコじゃないか!」

ユージーンは子どもみたいな笑顔になった。テノリネコはわたしの手のひらでまるくなっている。とても小さい。体長約一〇センチ。ハムスターなみ。子ネコではなく、これで大人のネコなのだという。存在そのものが奇跡的。毛はねずみ色。きれいなのか汚いのかよくわからない色だけど、たしかにかわいい。

　どこからあずかってきたんだと友人がきいた。

「社長。海外に出張だからって、そのあいだの世話を頼まれた」

「なんでおまえにあずけたんだよ？」

「ほかに社員いないからじゃないか」

「家族は？」

「社長、一人暮らしだし」

「知りあいぐらいいるだろ」

「わかんないけど、そういうのめんどうだったんじゃないの。それに社長が留守のあいだ会社は休み。有給なんだよ」

「なにもしないで金がもらえるなんてまるでセレブだな。おれなんか月二回は職安に行って仕事探してるふりしないと手当が出ないんだぞ。ネコの世話、手伝わせてくれよ」

　ユージーンは人差し指でネコをくすぐるようになで、ずいぶんひまな会社なんだなとつけたしした。

「まあね」

「海外ってどこ」

「知らない」

「いつ帰るんだ？」

「ひと月ぐらいっていってたかな。長いほうがいいな。仕事したくないし。帰ったらボーナスも出すってさ」

テノリネコはすやすや眠っている。慎重にあつかえよといって、わたしは友人にネコを渡し、キッチンに夕食を取りにいった。冷凍のピザやブリトー、それにポテトチップなどなど。テレビで映画を観《み》ながら飲み食いするのだ。週末はいつもそんな調子。それで完璧《かんぺき》だった。

テレビのまえのソファにくつろぎ、瓶ビールをラッパ飲みする。友人はテノリネコに目をやり、

「やあ、きみ。名前はなんていうんだい？」

「ネコチャン、ネコチャンて社長がいってたから、たぶんネコチャンて名前なんだとおもう」

「てきとうだな」

「あずかってきたときよりも、すこし大きくなったような気がするんだよ」

「そりゃそうだろ、テノリネコだし」

「なんで？」

「うるさい音楽でもかけてたんじゃないのか。気をつけないとぐんぐんでかくなるぞ」

「え、そうなの？」

わたしは驚いて顔をあげた。ユージーンはテレビ画面を見たまま、ピザソースをだらだらとシャツにこぼしていった。

「騒音にさらされると体が成長する性質があるんだ。だからテノリネコマニアは、できるだけ静かな場所で飼うようにしてる」

「そういえば社長の家も森の一軒家だったな……」

「だろ」

ネコはソファのあしもとで自分より大きなモグラのぬいぐるみとあそびはじめていた。

「でも、そんなに大きくなるもんでもないだろ？」

「際限ないよ。チベットの寺で飼われてたやつはラマ僧の吹く特大ホルンの合奏をきいて怪獣みたいにでかくなったらしい」

「怪獣?」

「ヒマラヤの崖《がけ》をかじって僧院は壊滅したってよ。スコットランドではバグパイプをきいたテノリネコが死闘の果てにとうとうネッシーをかみ殺した」

「きいたことないぞ」

「それに今日の昼、工業団地のほうで火事があっただろ?

「うちの会社は街なかだから気づかなかった。」それもテノリネコと関係あるのか?」

「あ、関係ないや」

「ていうか、そのでかくなったやつって手にのらなくない?」

「だからこそ小さなサイズのテノリネコは貴重なんだよ」

わたしはテノリネコのようすが心配になった。

「社長が帰ったら怒られるかもしれないな……」

「なるべく静かにしておくことだな」

という友人の顔に映画の爆発シーンが赤く反射する。やたらとうるさいアクション映画だった。

「もっと静かな映画なかったのか?」

「これおもしろいじゃん」

「こんな音きかせたらネコがでかくなるんだろ?」

ユージーンはわかったよ、しかたないなという顔をして、じゃあこれにしようとプレイヤーの中身を入れ替えた。B級映画の絶叫クイーンがけたたましい悲鳴をあげるゾンビ映画だった。ネコがまたちょっと大きくなった気がした。

「おいふざけんなよ、デブ!」

わたしはあわててプレイヤーをとめた。冗談だよといってユージーンはビールを飲む。けっきょく半年前に店からまちがえて借りてきたまま忘れていた地味なヨーロッパ映画を観ることにした。とってもヒューマンなドラマだった。たまに年老いた白人の夫婦が声を荒らげてフライパンで殴りあいをするほかは、これといって音量もあがらないので安心して観ることができた。

ユージーンはほとんど映画を観ずに、ピザのきれはしでテノリネコを釣ってあそんでいた。ネコはなかなかピザに手が届かず、くやしそうにひげをふるわせていた。

わたしはしだいに退屈してきた。画面の向こうでは男が電柱を抱きしめて泣いているが、なぜ泣いているのかまるでわからない。

「となりの旦那《だんな》はどうしてるんだ」

ネコとあそびながらユージーンがいった。

「なんで？」

「離婚したんだろ。シロイワヤギみたいな奥さんいたよな」

たとえがよくわからないけどシロイワヤギはかっこいい。わたしはいった。

「十年ぐらい前に『ミス製材』に選ばれたことがあるらしいよ」

「なんだそれ？」

「さあね。それで旦那と知りあったんだってさ」

隣人は製材所に勤務しているのだ。どうでもいい話だ。テノリネコが跳びあがってユージーンの手をひっかいた。ピザが床に落ち、ネコはすかさずかじりつく。

「小さいくせに乱暴なやつだな」

ユージーンは手の傷をさすりながら、ネコを威《い》嚇《かく》するように鼻を鳴らした。そういえば社長の手にもひっかき傷があった。そういう性格のネコなのかもしれない。画面のなかではまじめそうな白人の男が両手に岡持をもって電線を渡りはじめていた。意味がわからないが、どうでもよかった。退屈しのぎに音楽をかけるわけにもいかない。ぱっとしない週末になりそうな気配がひしひしと押しよせてきた。

「ビール買ってくる」

といってわたしは立ちあがった。

「頼むよ。ネコのほうはおれにまかせといてくれ」

＊

ビールを抱えて家にもどると、ユージーンがソファにひっくり返っていびきをかいていた。まるで墜落寸前のヘリコプターの音、あるいは酔っぱらいが壊れたオルガンをでたらめに叩《たた》いてハミングしている音、もしくは気の弱いダチョウが残忍なニンジャに借金の返済を迫られ胸もとを締めあげられているような音だった。

とにかくうるさい。

映画のほうはクライマックスなのかなんなのか、やたらと攻撃的なピアノの演奏にのって白人の老夫婦がバック転をしながらマシンガンを乱射し、オオカミみたいな遠《とお》吠《ぼ》えをあげていた。

いろんな意味でヒューマンとはおもえなかった。

テノリネコはピザの空き箱で爪《つめ》を研いでいた。さっきよりも体がすこし大きくなっているような気がする。

わたしはテレビを消して、友人の腹をパンチした。

「おきろよ、このデブ」

友人は目を覚まして何度もまばたきし、

「ああ、すまん」

といってよだれをぬぐう。

ピアノの音はやまなかった。「だだだだだだだだ——」と、重層的で単調な連続音が地響きのように空気をふるわせている。首をかしげてふりかえったが、テレビの画面は消えている。ユージーンは寝ぼけた目をして短い首を左右にのばした。

「なんだい、この音は？」

わかった。裏の家に住んでいるロマ風おばあさんのバーサーンがピアノを弾いているのだ。

わたしはピザの箱からテノリネコを取りあげた。ネコは手足をもぞもぞとうごかした。左手をひろげて手のひらをうえにかまえると、テノリネコはよろこんでおしりをのせた。

やはり重くなっているかんじがする。体長も一〇センチを超えているように見えた。テノリネコは大きくなっているにちがいなかった。やむことのないピアノの音。いたずら好きの陽気なゴリラが自由気ままに食器棚をゆらしているような曲だ。

「あのくそが！」

わたしはネコをやさしく抱いたまま、テーブルにけりを入れた。ビールの空き瓶が音をたてて床でぶつかりあう。この音でまたネコが大きくなったのではないかと胸がひやりとした。暴力的なピアノの演奏はちっともやむ気配がない。

外の通りを歩いているときには気づかなかった。たぶんヘッドホンでマカレナを聴きながら踊っていたせいだ。退屈な映画のおかげでむしゃくしゃしていたのだ。だがバーサーンのピアノの演奏はわたしの聴く音楽よりも、ずっとずーっとうるさかった。こんなうるさい音楽は地球上のどこへいってもみつからないようにおもえた。こうしているうちにもテノリネコがぐんぐんと大きくなっていくような気がして気が気じゃない……。

昼間のピアノはめずらしくなかったが、夜まで弾いているのはあまりなかった。めんどうだが話をつけてこなければならない。

「ちょっとぶっ殺してくる――」

ひどくだるそうな顔でソファに座りっぱなしのユージーンにテノリネコをあずけた。

「今度はちゃんとネコを見ててくれよ」

「わかってるさ。まあほどほどにしとけよ――」

と途中までいってユージーンはうえーげろげろげろげろーぼえー！　と奇妙な声をあげた。げろをはいたのだ。カーペットが汚物まみれになる。

「なんなんだよ……」

「すこし飲みすぎただけさ。どうってことない」

死人のような目つきで口元をぬぐうユージーン。

「だいじょうぶなのか？」

「そんな目で見ないでくれ。べつにゾンビになったわけじゃないんだから。ほら、ゾンビにデブはいないだろ？」

そういわれてみればそうだ。かなり説得力がある。それにそもそもげろをはくのはいつものことなのだった。

「かたづけておけよ」

ユージーンはななめにゆがんだ笑顔で親指を立て、わたしは家を飛びだした。

ビールの空き瓶や乾いたペンキ缶、かたっぽだけの靴、むきだしのブラウン管に雨ざらしのビデオデッキ、そして車輪のはずれた錆《さ》びた自転車などが無秩序に転がっている裏庭を横切り、板塀をジャンプする。

バーサーンの家の裏庭では、ニセアカシアの木が頭上で夜風にゆれていた。月は出ていない。通りのどこかで犬が吠えている。裏庭に面したフランス窓があけはなされていた。ピアノの音はその部屋からきこえてきていた。

夜に投げだされた不協和音のかたまり。まるで道路工事だ。庭の草が室内からもれる黄色い灯りを反射させていた。草が小刻みにふるえているのは、風のせいばかりではないだろう。

えんえんとくりかえされる単調な打鍵《だけん》。そのうえどうやって鳴らしているのか、機関車や家畜の鳴き声を模したような効果音が突発的にかぶさってくる。これが音楽なのかなんなのか、わたしにはわからなかった。

あがり口の手前で声をかけたが、それも騒音にかき消された。窓をノックしてみたが、どうせきこえていないだろう。部屋に足をふみいれると、音が物質化して顔にぶつかってくるのをかんじた。

「おい、バーサーン――」

ばあさんは顔もあげずに両手を鍵盤にたたきつけていた。つぎはぎのぼろきれをまとったみたいな格好で、一心不乱にピアノに向かっている。くすんだ帽子には、やぶれたトランペットみたいな花が刺さっていた。

「バーサーン！」

だだだだだだだだ——。

「バーサーン！」

だだだだだだだだ——。

「おい、ばーさん、そこまでだ！」

バーサーンは首からさげたブルースハープをくわえて、蒸気機関車の汽笛のような音を響かせた。鼓膜が破裂するかとおもった。

ピアノの音がやんだ。

静かだ。夜というのは、こんなにも静かだったのか。そんなことがしみじみとおもいだされるくらいの静けさが部屋の底にゆっくりと降りてくる。

「だれがあがっていいっていったんだい！」

バーサーンがこちらをにらみつけた。

「ピアノを弾くのをやめてもらえますか」

「なんだって？」

「ピアノの音がうるさいんです」

「よくきこえないんだがね？」

「こんな夜中にピアノを弾くのはやめてもらいたいんです。近所迷惑ですよ！」

バーサーンは目をぱちくりとさせて、じっとわたしの顔を見つめた。

「なんていったのか、ちっともわからないよ……」

わたしはかっとなった。

「耳にモグラでもつまってんのかよ、このくそが！」

「なんだって！ わたしがベートーベンの生まれ変わりだっていうのかい？」

「いってねえよ！」

「あんた、不法侵入だよ」

「ピアノがうるさいっていいにきただけだ！」

「明後日《あさって》、大事なコンクールがあるのさ」

「知るかよ。そんなのそっちの都合だろ。こっちはうるさくて迷惑なんだ。なんなんだよ、その曲。同じ音をがんがん鳴らしてるだけじゃないか」

「反復して増幅して増殖するのさ」

「ずっと同じなら練習しなくてもいいだろ？」

「あんたには無限多重奏の神髄が理解できないだろうよ」

「ピアノの調律が狂ってるようにしかきこえないね」

「そこがいいんだよ」

わたしはため息をついた。

「とにかく、もう練習はやめてもらえないですかね。夜も遅いですし」

「わかったよ。じゃあ練習はやめる。今度は本番だとおもって演奏することにするよ。ピアノ仲間を全員呼んでね」

まるでわかってない。

「一晩中やるのか？」

「もちろん、指から血が出るまでやるつもりさ」

いいかげんにしてくれ。

「いいですか、バーサーン」

「呼び捨てにしないでおくれ」

「バーサーンさん。警察に通報してもいいんですか？」

「国家権力には屈しないよ」

わたしは庭のほうに視線をさまよわせてからあらためて向き直り、

「それレナード公園の花ですよね」

といって帽子の花を指さした。バーサーンは知らないよとあいまいに口ごもる。

「名前はたしか、カナディアンデスラッパ。道ばたには咲いてないし、店でも売られていない」

「それがどうしたっていうのさ」

「とてもめずらしい花です。しかも毒性があり、一般の人が許可なく栽培することは禁じられているらしいじゃないですか。公園から採ってきたのがばれたら罰金でしょうね?」

話はついた。

自宅に引き返すとユージーンが冷凍庫のアイスクリームを食べていた。ハーフガロンサイズの大きなカップに、でかいスプーンを突っこんで食べている。カーペットはかたづいていない。ネコはさっきよりもまた大きくなっていた。どう見ても二〇センチはある。片手で手にのせるのはきつそうだ。やはり確実に大きくなっているのだ。

*

日の光がまぶしかった。朝だろうか、それとも昼か。

何度かまばたきをしてみたが、まぶたがどんよりと重く、目の焦点をあわせるのに苦労した。

いやな夢を見ていたらしい。

バーサーンのピアノでテノリネコがぐんぐん大きくなり、しまいには人間の大きさにまでなってしまうのだ。テノリネコはもはや両手のひらをひろげても手にのせることは不可能だった。そのうえ人間みたいに生意気な面構《つらがま》えになり、後ろ足で立ちあがってひょこひょこと歩き、ワイングラス片手にソファにふんぞりかえったりなどする。なんだか不愉快な気持ちになったが、それよりも不安な気持ちがまさった。ネコは毛もじゃでたるんだ腹をふるわせ、窓に歩みよる。そうしてにやにやした笑みを浮かべて、歩道を通りかかった若い女に向かって得意げに手をふるのだ。女たちの恥ずかしそうなくすくす笑いがわたしにもきこえた。やめさせようとおもい、わたしはネコに呼びかけた。人間みたいな大きさで人間みたいに歩いて人間みたいにふるまうのだから、とうぜん人間の言葉が通じるというのが、そのときの夢のなかでの正しい理論だった。だがわたしがなにをいってもネコは怪訝《けげん》な顔でこちらを見るばかりでなんの返事もしない。わかっていてこたえないのか、それともなにも理解できずにこたえないのか区別がつかなかった。ネコに話しかけるなんて、無意味なことだったのではないかとわたしは後悔しはじめた。ネコからしてみれば、そんなことは無意味だとはじめからわかっていたのだ。みじめな気持ちがした。ため息をついて口を閉ざすと、ネコはふっと鼻を鳴らして前足をあげ、あっちへいけという身ぶりをした。わたしはいっそう情けない気持ちになった。だんだんとくやしくなってきて顔が真っ赤になった。そうして子どもみたいに地団駄をふんだ。足の裏でやわらかい感触がした。自分の足が肉球になってしまったのかとおもったが、ピザをふんだのだった。いや、ちがう。ユージーンのげろだ。わたしは足を滑らせ、あおむけにひっくりかえった。わたしが床に大の字になってたおれると、ネコは目をきらきらと輝かせ、てのりしちゃうもんね！　と老婆《ろうば》と電子楽器の中間みたいな声で叫び、いきおいをつけて、わたしのうえに大きな尻《しり》を飛びこませてきた。ネコの尻が殺人的なマシーンのようなうなり声をあげる。わたしの耳の奥であーおんあーおんあーおんという鳴き声がこだましていた。これぜったい尻につぶされて死ぬだろとおもったところで目が覚めた。

やけに鮮明な夢だった。

汗をかいていた。あたまががんがんしていた。耳の調子もへんだ。みょうな耳鳴りがしている。雨がざあざあと降っているようなかんじだ。耳が遠いのか近いのか、それもよくわからない。あらゆる音が遠近感を無視して、こめかみの奥でまじりあっている。世界に存在するありとあらゆる音の波、そのなにもかもすべてがキング・タビーのダブみたいに奇妙なずれをもってきこえた。まるで宇宙遊泳でもしている心地だ。

いつも以上に飲みすぎてしまったらしい。

まったく最低の週末だ……。

ユージーンはいつものようにソファにつっぷして酔いつぶれていた。ソファにはよだれの染《し》みができている。

夢のなかできこえていたのは、ネコの尻の音じゃなかった。なにかの機械の音だ。夢の外でもうなり声をあげていた。バーサーンが昨夜のしかえしにいやがらせでもしているのかとおもった。だがそうではない。音は裏庭ではなく、となりのほうからきこえてくるのだ。

テノリネコは騒々しい機械音を吸収し、昨夜よりもいちだんと大きくなっていた。これもう、テノリネコじゃないじゃないか。ふつうのネコだ。テノリ的なおもかげがまるでない……。

それでもネコはわたしが手をさしのべるとおしりをのせようとして笑顔ですりよってくる。あずかってきたときよりも、ずっとなついているようなかんじがした。

社長になんて説明したものか。ひどく怒られるにちがいない。いや、怒られるだけではすまない。悪くすればクビだ。というか確実にクビになる。どうやってごまかせばいいのか見当もつかなかった。

機械の音はあいかわらずけたたましく響いていた。

このままではますますネコがでかくなるばかりだ。音の原因をつきとめなければ。裏庭に面した窓がなぜだかあけっぱなしになっていた。わたしは窓をしめて玄関を出た。

住宅のつらなる静かな通りに機械の音が鳴りわたる。外へ出て、チェーンソーの音だとわかった。それなら製材所で働いている隣人のリンジーンさんでまちがいない。立ちならぶ街路樹の向こうに見える山並み。どちらを向いても山。稜線《りょうせん》の木の輪郭がたどれるくらいに山が近いちっぽけな街。

となりのガレージでリンジーンさんが立ち働いている姿が目に入った。荒くれ者のバイキングみたいに体格のいい男がチェーンソーをふりまわしている。ガレージのまえには大型のピックアップトラックが停められていた。アメリカ製。かれの自慢の車だ。荷台には大小さまざまな材木があふれんばかりに積まれていた。

土曜日なのに仕事とは。なんでまた自宅のガレージで作業をしているのだろう。残業でも持ち帰ったのか。働き者はこれだから困る。まったくうるさいネコの尻穴野郎め。

わたしはため息をつき、ガレージへ歩いていった。

「おはようございます、リンジーンさん！」

　と二十回ぐらいくりかえしてようやくチェーンソーが止まった。リンジーンさんは意外そうな顔を向けた。呼びかけに気づいて手を止めたというよりは、ちょっと手を休めたら、たまたま目の前にこちらの姿があったというおもむき。チェーンソーを駆動させるガソリンのにおいがガレージにたちこめていた。

「あー、おはよう」

「なにしてるんです？」

　というこちらの問いに、リンジーンさんは自分でもいったいなにをしていたのだろうといった表情で視線を泳がせた。それからどこかとりつくろうような（あるいはひらきなおるような）調子で、

「見てのとおりさ」

　とこたえた。かれは作業台に垂直に固定した丸太を刻んでいた。丸太はでこぼこでとりとめのない形をしていた。なにがなんだかわからない。床に転がった材木には大きな斧《おの》が突き立てられている。リンジーンさんは夢のなかをさまよっているような目でまたチェーンソーのスイッチを入れた。ネコの尻穴が悲鳴をあげる。

　やめさせるのにまた二十回ぐらい怒鳴らなければならなかった。

リンジーンさんはチェーンソーを止めてわめいた。

「あの野郎、俺をクビにしやがって。あたまにくるぜ！」

チェーンソーを乱暴に投げ出し、キャンバス地の折りたたみいすにどっかりと腰をおろした。わたしはすぐに言葉が出てこなかった。リンジーンさんは独り言のようにいった。

「まったくむしゃくしゃするよ！　最低だ。俺みたいに腕のいいやつはほかにいないってのに、ちくしょうめ！」

そうしてまたチェーンソーに手をのばそうとするので、わたしはあわてていった。

「なにがあったんです？　なぜリンジーンさんのような仕事熱心なかたがクビになるんです。なにかのまちがいですよね。詳しい話をきかせてもらえませんか？」

質問をまくしたてたが、こたえに興味はない。時間稼ぎのようなものだ。リンジーンさんはこちらに向き直って顔をあげた。怒りにふるえたひげまみれ顔に、うっすらと涙のようなものがにじんでいた。

「俺はなにもしちゃいない。ほんとうになにも。ただちょっとばかし酔っぱらって煙草《たばこ》でぼやを出しただけさ。となりの工場は全焼したが、製材所は倉庫がはんぶん燃えただけですんだ。どうってことないさ……」

ぼやじゃねーだろとおもった。

「えーと。前の日の酒が残ってたとかですか?」

「なにいってんだ。バカにしないでくれ。俺はタフな男だ。二日酔いなんかするものか」

じゃあそれたぶんよけいだめなほうだとおもう。

「飲みながら仕事したってことですね」

「しかたなかったのさ」

「はあ」

「このところまるでついてなくてな。マルータのやつがとんでもない額の慰謝料を請求してきたんだ(マルータというのはリンジーンさんの元奥さんの名前だ)。しかもあの女、裁判所で俺をフェアリー呼ばわりしやがった」

「フェアリー?」

「俺が製材所の社長と浮気したっていいはるんだよ。社長は男だぞっていったら、そんなの知ってるっていいかえしやがった。ひどい恥をかいちまったよ!」

「あー、そうですか……」

あいづちも打ちにくい。

「あげくのはてに仕事までなくしちまった。製材ひとすじで生きてきたっていうのに。なにもかもおしまいだ。なんだかテロリストにでもなりたい気分だよ」

話を変えよう。

「これはなにを作ってるんです?」

「なんだって?」

「これです。モダンアートですかね」

といってわたしは作業台のうえで奇妙な形状に切り刻まれた丸太をさししめした。

「神様さ。すごいだろ」

「えっと……かなり、斬新《ざんしん》な形の神様ですね」

「大切なのは、形よりも気持ちのほうだろ?」

そうかもしれないが、あまりに抽象的すぎて理解不能だ。チェーンソーのガソリンのにおいが薄れていくのと入れ替わるようにして、リンジーンさんのアルコールくさい息がはっきりとかんじとれるようになっていた。ずっと飲みっぱなしだったのだろう。こっちだって飲みっぱなしだったのにこれだけにおうのだから、そうとう飲んでいるにちがいなかった。

「でも宗教ってたいてい飲酒は禁じられてるみたいですよ?」

てきとうにいってみた。とりあえず飲むのだけでもやめれば、おとなしくなってくれるかもしれないとおもった。

「え、そうなのか。まいったな。まったく気がめいることばかりだ。俺の人生なにひとつうまくいかない。そうだ、この像を買い取ってくれないか。酒代の……じゃねえ、慰謝料の足しにしたいんだ。あんたの会社、輸入品をあつかってるんだろ？」

「イタリア製のソンブレロやポンチョを販売してますけど。でもこの像はべつに輸入品ではないですよね……」

「おい。ソンブレロもポンチョもメキシコじゃないのか？」

「うちの社長はイタリア製だっていってますけど」

「そいつは男かい？」

話に脈絡がなくてわけがわからない。今度紹介しますよ、でも今日はちょっと静かにしてもらえると助かるんです。わたしもちょっと飲みすぎてしまって、あたまががんがんするんです。わかりますよね、このつらさ。わたしもあなたのつらさがわかりますよ。どうかお願い、シルブプレなどといってそこそこてきとうになだめたら、意外とすなおに耳をかたむけてくれた。

「休日なのにうるさくしてすまなかったよ」

リンジーンさんはガレージの床にひざをついてあやまった。涙をどばどば流していた。泣くほどのポイントはなかったとおもうのだが。アルコールの影響でだいぶ感傷的になっているらしい。ゆるしてくれ、ゆるしてくれといって大声で泣きながらこちらの脚を抱きしめてくる。

「いいんです。元気を出してください……」

わたしはかれを立ちあがらせて、ひざについた木くずを払ってあげた。リンジーンさんはありがとうと、はちきれんばかりの笑顔になり、

「ちょうど酒をきらしたんで買いにいってくるよ。もちろんあんたのぶんも買ってきてやるさ。まかせとけ」

といって、ふらふらと自慢のピックアップトラックのほうへ向かった。わたしはかれを呼び止めた。

「歩いていくんですよね？」

リンジーンさんはひげまみれの顔の奥に、照れ笑いみたいなやさしい表情を浮かべた。

「もちろんさ。安心してくれ。いくらなんでもそこまでおちぶれちゃいない」

＊

なにがなんでもこの像を高く売りさばいてくれよな！　っていうから、しかたなくでこぼこの重い丸太を抱えて家にもどったが、息を切らせて自宅の玄関をあがってみれば今度はユージーンが床に転がりテノリネコと格闘していた。

「おい、このネコかみつきやがったぞ！」

なにをしたのか。毛を逆立たせているネコ。ふつうにでかかった。それだけでもじゅうぶん気がめいった。これじゃ完全にクビだ。こうなるともうリンジーンさんのように朝から晩まで酒浸りで生きていくのが正しい選択のようにおもえてくる。テノリネコがこちらへ逃げてきて、なにかをうったえるような顔で鳴く。ネコはしっぽを立ててわたしの脚に体をこすりつけた。

「こんなにいい子じゃないか」

わたしはとがめるような目でユージーンを一瞥《いちべつ》した。それからしゃがんで手をさしだすと、やはりネコはごきげんでわたしの手のうえにまあるいおしりをのせてくるのだ。

「ほら、かわいいだろ」

重かった……。手首が痛い。こんな大きなネコをてのりさせることができる自分のほうが貴重な存在のような気がしてきた。

ユージーンは口をとがらせおもしろくない顔をした。

「なんでおまえにばかりそんなになついてるんだ。なにか特別なえさでもやったのか」

「手、だいじょうぶか？」

ユージーンは人差し指と中指をくるんだタオルを血でにじませていた。

「ネコのことならだれにも負けないのに！」

「まあ、相性とかあるのかも」

「おれからネコをとったら、なにも残らないんだぞ！」

「そこまでネコに入れ込んでたとは知らなかったよ」

「それとピザだ。おれからネコとピザを奪うのだけはやめてくれ。ぜったいにだ。あとビールも。それとアクション映画。あ、もちろんゾンビ映画もな。それからソファもたいせつなアイテムだ。ソファがなきゃ週末がはじまらないからな。できればフライドポテトもあるといい。プリングルズとかチートスっていう手もあるけど。まあドリトスでもかまわないよ。そのへんは妥協する。よければスニッカーズも頼む。たまにはあまいのも食べたい。そういえば来週は焼きうどんパンも忘れないでくれよな。ついでにチキンサンドも。ネコチャン用だ。それ以外はなにもいらない。ほんと。なにもいらないんだ。おれってミニマルな男だから」

といってデブにしては、きりっとした表情をしてみせた。

そうだな……とわたしはあいまいに返事をして、

「テノリネコって小さくする方法はないのかな?」

ときいてみた。そんなにネコが好きなら知ってるかもしれないとおもった。

「それは無理だ。いちど大きくなったらそのままだよ。ほかの動物だってそうだろ」

「これじゃ社長にどういいわけすればいいのかわからないよ……」

「遠近法でごまかすとか」

「そっちのほうが無理だろ」

デブはまたきりっとした顔をして向き直った。

「ネコが社長を愛するように、社長もネコを愛してほしい」

「うん。ちょっと意味がわからないな」

「いいか。社長がほんとうにこいつを愛しているのなら、こいつがどんな姿になってもかわいいはずだ。そうでなければ愛しているとはいえない」

「どうかなあ……」

「おれはネコがおれを愛するようにネコを愛しているからな」

「でも、嫌われてるじゃん」

といってわたしはのどを鳴らしてこちらへすりよるテノリネコをなでた。ユージーンはかまれた指をタオルで押さえながら、鋭い視線をネコにぶつける。

「こいつはふつうのネコじゃない。もちろんふつうのテノリネコでもない。凶悪凶暴な新種の人食いテノリネコにちがいない。このままじゃおれたち、いつかかみ殺されるぞ」

「ウィンナーとまちがえたんじゃないのか」

まるまるとした指だから。

ウィンナーが好きなのかとユージーンはぱっと目を輝かせたが、そんなのあげたことないよ。にぼしとかならやったけどとこたえると、そうか、魚が好物かとユージーンはうなずいた。指にまいたタオルがずいぶん赤い。

「ちょっと出かけてくる。急用をおもいだした」

え、無職なのに？　というかいつものやりとりをする気にはなれなかった。このぶんだとこっちも無職になりそうなのだ。ふたりそろって職安通いなんて冗談じゃない。

＊

午後のソファでうつらうつらとしていたら、ピアノの音が再開された。

バーサーンめ。わたしは眠い目をこすりつつ眉間《みけん》にしわを寄せ、テーブルをけとばそうとしたがすぐにおもいとどまった。ネコがよけい大きくなるだけだ。けとばせない。音はたてられない。あーいらいらする。ストレスだ。むかつく。だめだ。こんなのががまんできるほどの忍耐力があれば、家にいながらにして出家できてしまう。

わたしはソファのうえで静かに体をふるわせるほかなかった。

ピアノの演奏は昨夜よりも激しい熱を帯びていた。精肉工場にぶらさがった肉のかたまりをやけくそで鍵盤にたたきつけているような音。そしてばあさんの金属的な叫び声。

いうまでもなくテノリネコは大きくなっていた。

もはやふつうのネコの倍ぐらいあった。壁紙をがりがり爪で剝《は》ぎ落とす姿など、ちょっとした猛獣っぽい。これはこれでめずらしいネコだとはおもうが、社長は気に入らないだろう。

これ以上大きくならないようにと、おもいつきでネコの耳に綿をつめてみていたのだが、まるで効果がなかった。体から直接音を吸収しているのかもしれない。

気がすすまないが、またバーサーンを脅してこなければならない。社長が帰国するまで毎日同じことをくりかえさせられるのだろうか。

「いい子で留守番してろよ」

でかいネコの腹をやさしくたたき裏庭へ出ようとしたら、バーサーンの家のほうからピアノの断末魔とでもいうような音がきこえてきて足が止まった。まるでピアノが大量のダイナマイトを抱きかかえて自殺でもしたみたいなかんじだった。

長短すべての音階の弦が空気をふるわせながらはじけ、機敏なヘビのようなうごきでバーサーンののどに絡《から》みついて奇声をしぼりだす。つづいてたくさんのガラスのわれる音。それから高層ビルが地面に崩れ落ちてぺしゃんこになったような音がして、震動がこちらの床まで伝わってきた。

背後でテノリネコがぐーんと大きくなったのが、ふりむかなくてもわかった。

ただごとではない。前も、後ろも。

「死んだのか？」

バーサーンの家のほうをのぞきこみ、不安な気持ちになった。

わたしは裏庭を横切りジャンプで板塀を飛びこえ……ようとしたら、塀ごとたおれて横向きに地球に激突した。いまの震動で壊れかけていたらしい。立ちあがって肩をさすりながらバーサーンの部屋に飛びこむ。部屋のなかは埃《ほこり》がたちこめていた。

「だいじょうぶか、バーサーン？」

うっかり呼び捨てにしてしまったが返事はない。かわりに見なれたデブのシルエットが埃のなかからあらわれた。

「ぼこぼこにしてやったぜ、ピアノをな」

ユージーンの得意げな顔。

グランドなピアノがへたばった黒い牛みたいな格好でまっぷたつになっていた。はじけた弦は寝癖のひどいヤマアラシのよう。どうやったらここまで破壊できるのか想像がつかなかった。

「ありがとう、おかげでまたネコがでかくなったよ……」

正直、家にひきかえすのが怖い。

「あんたら、ぜったいにただじゃおかないからね！」

V字にくだけた牛の向こうにバーサーンがピアノいすに座っているのが見えた。顔がすすで汚れている。ずたずたになったカナディアンデスラッパが帽子から床に落ちた。仲間たちが黙っちゃいないよとバーサーンはこちらをにらみつける。

ユージーンにうながされ、わたしはようやく足がうごいた。前も後ろも最悪なのは目に見えていた。かといって突っ立っていても最悪なのだ。

なるべくなにも考えないようにして、たおれた板塀をふみこえる。ユージーンが重たそうに肩から提げているバッグが気になった。バッグからはみ出た大きな魚のあたま。魚は魚のゾンビみたいな顔をしていた。

「なにその魚。腐ったマグロ?」

たぶんちがうだろう。しばらく間があってから返事があった。

「シーラカンス」

わたしは転がるペンキ缶の手前で立ち止まった。ユージーンも足を止めてわたしをふりかえる。そのまま見つめあって、またしばらくの間があった。よくきこえなかったからもう一度いってくれないかといおうとしてやめた。実際はいやというほどよくきこえていた。ようやく出てきた言葉は、

「なにそれ」

いろんな意味で。

「街外れのニセスミソニアン自然史化石水族館から盗んできた」

なにそれ。あたまがどうにかなりそう。

「ううううん……なんで？」

「ネコに食べさせてやろうとおもってさ」

ユージーンのはじけるような笑顔。

「盗んできたっていった？」

「もちろんさ！」

笑顔。

友人は問題をとっても大きくしてくれた。

わたしは家にもどって魚を浴槽に入れた。生きているのか死んでいるのかわからなかった。まさに生きた化石状態。じっとしてぴくりともしない。きっと浴槽が狭いだけだろう。そう自分にいいきかせて気をまぎらわせた。

「はやくネコに食べさせよう」

というユージーン。

「いやだ」

シーラカンス殺しが懲役何年の罪になるのか見当もつかない。

「だけど、なんでお湯なんだ？」

「え、冷たいほうがいいのか？」

わたしは顔をあげてユージーンを見た。よくわからないが、あたたかい海で泳いでいるイメージがあったのだ。浴槽からは白い湯気がたっている。熱すぎかも。シーラカンスの表情はまるで読めなかった。

＊

バーサーンのピアノに煩《わずら》わされることもなくなり、シーラカンスの尾びれがかすかにうごくのを確認。ひとまずおちついた。まったく疲れる週末だ。

ネコが大きくなっていたのはいうまでもない。ほとんどライオンサイズで戸棚のまえに寝そべっている。体全体のバランスはネコのままなので遠近感が狂う。まるで家のほうが小さくなったみたいなかんじがした。しっぽをゆらゆらさせ、どこか貫禄《かんろく》のあるまなざしがわたしの背中を追いかけてくるのをひしひしとかんじた。ぴんとのばした太いひげ。たまに目があうと、にやりと不敵に笑っているように見えた。いつ捕って食われてもおかしくないような気がしてならない。自分が小さなネズミにでもなったみたいな気分だ。

やっぱりちっともおちつかない。

ユージーンはのんきなもので、買ってきたのか盗んできたのかわからない焼きうどんパンを食べてのどをつまらせたりなどしていた。

「このネコ、どうすればいいんだろうな……」

独りごちるようにわたしはいった。

「そろそろシーラカンスを食べさせてみないか?」

とユージーンはいった。

「社長が帰ってくるまえに逃げようかな……」

「それじゃ給料もらえなくなるじゃないか」

このぶんだと、どっちみちもらえそうにない。そのうえバーサーンにピアノを弁償しろなどといわれたらどうすればいいのだろう。とそこで、ある考えがあたまに浮かんだ。

「テノリネコってどこで売ってるんだ?」

「なんで?」

「小さいのを買ってきて、それを社長に返せばいいんじゃないかなとおもって」

「ううん……テノリネコはメンフィスにあるラムセスおじさんのアメリカンアメンホテプっていう露天のペット屋でしかあつかってないよ」

「それってアメリカ？」

「いや、エジプト」

「そう……」

「じゃなきゃ野生のを捕まえるしかないだろうな」

「どこにいるの？」

「人里離れた山奥さ。たいてい人間よりも大きくなってるけどな。人の住む場所に近ければ近いほど、いろいろと騒音がきこえてくるから。小さいのを見つけるには、けっこう奥地に行かないとだめだ。足の生えたヘビを探し出すより難しいってよ」

無理っぽかった。

いいわけは社長が帰ってきてから考えよう。それよりネコの大きさが心配だ。これ以上大きくなれば、いよいよ手に負えない。社長にクビをいいわたされるのを待たずに、ネコに食べられあの世行きだ。慎重にあつかわなければ。

などと窓の外をながめて考えていたら、通りの向こうから車のエンジンとクラクションの音が響いてきた。音はそのまま接近し、ただならぬ雰囲気が街路にあふれた。

だれかの悲鳴がきこえ、その直後に車のブレーキが鋭く吠える。窓ガラス越しに音の発生源が見えた。アメリカ製のピックアップトラック。リンジーンさん自慢の車だ。運転席に生まれたての子馬みたいに目をまるくしてかたまっているリンジーンさんの姿があった。

車は生け垣をつぎつぎなぎ倒し、歩道の段差を乗りこえる。車体を大きくバウンドさせながら、イルミネーションみたいな火花を路面に散らし、目の前の庭を高速で横切っていった。タイヤの跡が雑草交じりの芝生に深々と刻まれる。

そのまま車はリンジーンさんの家の玄関に激突。鼓膜がぶっこわれるかとおもうぐらいの衝突音がした。実際にぶっこわれたのはトラックのほうだ。それと玄関も。どっちもほぼ大破。家のドアが宙を飛んで歩道に落下する。車のボンネットから黒い煙がもれはじめていた。

「まずいぞ……」

ガソリンに引火して爆発しそうだ。わたしはいそいで玄関を飛び出し、運転席へ駆けつけた。気を失ったひげ面のでかいおっさんをひきずりおろすのは、けっこう難儀だった。熱と油煙のにおいが透明な空気をうずまきゆがませ襲いかかってきたが、それ以上にリンジーンさんの息が酒臭かった。むしろそっちのほうに引火して、ドラゴンみたいに口から炎をはき出しそうないきおいだった。

ユージーンも腹をゆらしてやってきて、酔っ払いのバイキングのような大男をうちの庭まで運ぶのを手伝ってくれた。

直後、爆発。視界が白で埋まる。リンジーンさんの家の窓ガラスが爆風でいっぺんに吹き飛んだ。尻もちをついて首をちぢめていたら、ガレージのほうから斧がくるくると回転しながら、われわれのいる芝生めがけて飛んできた。その軌道の先にいるのはたぶん……。

「ユージーン、斧に気をつけろ！」

斧はユージーンのあたまに命中した。スプラッターな光景にわたしはおもわずホラー映画の絶叫クイーンみたいな大声をあげてしまった。最悪だ。

だがユージーンはむっくりとおきあがった。ゾンビに斧はきかないのか？　と、うれしいのかうれしくないのかわからない想《おも》いが脳裏をよぎったが、斧はユージーンのあたまに突き刺さったわけではなかったのだ。あたったのは斧の柄《え》。運がよかった。

もちろん友人はゾンビではない。友人がデブでわたしは安心した。

「酔いが覚めちまったよ」

というユージーンにわたしは、

「酒ならリンジーンさんが買ってきてくれたとおもうけど、あれじゃ全部吹っ飛んだだろうな……」

と燃える車をながめていたら、おくれて飛んできたホイールカバーが鋭い音をたてわたしの目の前に迫ってきた。とっさにのけぞり芝生にあおむけになったわたしの鼻先をかすめ、カバーは棕櫚《しゅろ》の木に刺さった。もういろいろといやだ。

一連の騒動で、テノリネコが家の奥でぶおんと音をたてて大きくなったのがきこえた。

そこへ休む間もなく、暴走バイク野郎が排気音を轟《とどろ》かせながら家の庭に乗りあげてきた。

なんなんだ、いいかげんにしてくれ！

ど田舎のくせに次から次へとバカ騒ぎの連続でうんざりだ。ど田舎だからうるさいのか、ど田舎なのにうるさいのか、はっきりいってわからない。この地球にいるかぎり、どこであろうと空気をふるわせる音から逃れるすべはないのだ。

もうがまんの限界だった。

「くそバイカーめ、ぶっ殺してやる！」

あたまに血がのぼり、なかば無意識的にリンジーンさんの斧をひろってバイク野郎に近づいていったら、警官だった。警官がヘルメットを脱ぐと、サングラスをかけたピスタチオみたいなつるっ禿《ばげ》がむきだしになった。

「テロリストがこのあたりに潜んでいるとの通報がありましてね」

とポリスマンはいった。

サングラスがまっすぐにこちらをにらみつけている。わたしは草のうえにそっと斧を落とした。

「あー。テロリストですか……」

警官は、そうです、テロリストですとくりかえす。そうして玄関脇《わき》に転がっていたでこぼこの丸太に目を落とす。

「なんですかね。この奇妙な丸太は？」

「神様です」

制作者の意図を正確にこたえただけだったのだが、

「神様ね……。どうもふつうの宗教ではなさそうですな」

と警官は目を光らせた。なんかまずい。

「ていうか、どこから通報があったんです？」

「匿名《とくめい》希望のおばあさんからですよ」

バーサーンの仕業か。

警官はじっとこちらの顔をのぞきこんだまま、わたしがなにかいうのを待っているようすだ。どうも疑われているらしいのだが、なんとこたえていいのかわからない。

たしかに問題はいろいろあった。だが自慢の車で自宅につっこんで意味不明の自爆テロをおこしたのはリンジーンさんだ。もちろんバーサーンのピアノをまっぷたつに破壊したのは悪かったとおもう。そこまでやることはなかった。というかあれだってわたしじゃなくて友人がやったのだ。それとも水族館から盗んできたシーラカンスの件だろうか。まあこれも友人が犯人だが、あまりテロっぽい行為ではないとおもう。

わたしはため息をついて自分の家をふりかえった。

ネコはさっきの爆発でゾウみたいになっていた。狭そうに身をかがめ、三日月みたいな目で窓から外をながめている。

なんともやさしさに満ちた目だなとおもっていたら、生け垣の下から数匹のネコがぞろぞろと姿をあらわした。そこそこ小さいネコだ。子ネコだろうか。

「お、子テノリネコじゃん！」

とユージーンは目を見張らせた。

「なんであんなにたくさんいるんだ？」

わたしは首をかしげた。うちのなかのでかいテノリネコがネコたちを玄関から招き入れる。

「あいつの子どもじゃないのか」

「どういうこと？」

「昨日の夜、外に出したからかもしれないな」

「夜？」

「あーおんあーおんってしきりに鳴くから、ちょっと出してやったんだよ。おまえ、寝てたんだっけ？」

　そういえば今朝、窓があいていた。

「でも、一晩で子ネコが生まれるのか？」

「街なかのうるさい場所なら、生まれるのも育つのもあっというまさ」

「なんでもありかよ！」

　といってるうちにまた爆音。

　リンジーンさんの車が再度爆発をおこしたのかとおもったが、さっきよりもすごい音だった。耳のなかが真空状態になり、しばらく世界じゅうからすべての音が消えてなくなったみたいな感覚に襲われた。

通りすがりのホームレスが「死ね、このくそが！」と怒鳴って、リンジーンさんの家に手榴弾《しゅりゅうだん》を投げ込んだのだ。爆風で家や棕櫚の木がななめになった。わたしたちはみんなそろって地面にふせた。その地面もゆれた。震動が響き、体がふわりと浮きあがるかんじがした。もちろんユージーンの腹も激しくゆれていた。

「おい、見ろよあれ」

と友人が指さした。ホームレスではなかった。ミス製材。リンジーンさんの元妻だった。

「慰謝料を払わないからだよ！」

といってマルータさんは肩をいからせたまま去っていく。

家のなかのテノリネコがぐぐぐーんと大きくなるのが見えた。どうしてくれるのだ。ありえないくらいでかくなってしまったじゃないか。あれじゃ恐竜だ。ナントカザウルスだ。あたまが天井につっかえている。

このままでは屋根をつきやぶってしまうのではないだろうか。家の強度が心配になり、反射的に玄関へ駆けつけてみたものの、なんの手立てもおもいうかばない。

ネコが満面の笑みでにゃーと鳴いて、わたしを見おろした。でっかいでっかい舌なめずりをして、らんらんと目を輝かせている。牛くらい余裕でかぶりつきそうな気配がみなぎっていた。

　いったいどうしろというのか。いっそひとおもいに丸呑《まるの》みにしてもらいたいという自暴自棄な気持ちになった。

「あなた、爆弾を仕掛けましたね？」

　と後ろからわたしの肩に手をかける警官。

「今の見てたじゃないですか。やったのはマルータさんですよ」

「すみません。サングラスの色が濃くてまわりがよく見えないんです」

　なんだそれは。わたしはもう返事をする気力もなくなってしまった。見れば今の爆発で子テノリネコたちまで大きくなっていた。みんな一気にライオンサイズだ。それで無邪気ににゃーにゃーにゃーにゃー騒ぐのだ。でかい子テノリネコ数頭と、ばかでかい親テノリネコ。お手上げだ……。

　ピスタチオがネコたちをにらんで咳払《せきばら》いをした。

「あー。飼育許可証はお持ちですかな？」

「なんです？」

「ネコの飼育許可証です」

「ネコを飼うのに許可がいるんですか」

「それ、テノリネコでしょう?」

「なぜテノリネコだとわかるんです?」

手にのるサイズではないのに。

「そこまで大きくなるのはテノリネコ以外いませんからね。ふつうのネコではないのは一目瞭然《いちもくりょうぜん》ですよ」

「はあ、そうですか。許可証はたぶんどこかにしまってあるとおもいます……」

「見せていただけますかな」

「ちょっとあずかっているだけなんで」

わたしは口ごもった。社長がもっているのだろうとはおもう。

「ほう。どれくらいの時間、あずかるご予定なんです?」

「ひと月ぐらいになるかと……」

「論外ですな! 許可証なしにテノリネコをあずかるのは、にゃんにゃんにゃんにゃん! 22時間22分が限度です! 罰金をお支払いください」

「罰金?」

「金額は体重に応じて増加します。テノリネコは非常にめずらしいし、すこぶる危険ですからね。厳罰ですよ。だがあなたは初犯のようだ。ですから猶予《ゆうよ》を与えましょう。

罰金を支払いたくなければ明日までに許可証を探しておくことですな」

「罰金て、いくらぐらいですか?」

「体重一パウンドにつき、五万ジャパニーズダラーです」

パウンドもジャパニーズダラーもまったくなじみのない単位で、いくらになるのかさっぱりわからない。現金輸送車は何台か手配できるので、その点はどうぞご安心をと警官はつけくわえた。そうとうな額らしい。一台まわしてくれれば夜逃げできますのでとこたえたくなるのをこらえ、平静を装《よそお》っていった。

「えーと、それよりあの人逮捕しないんですか。さっきの女の人」

マルータさんのことだ。

「まさか。ホームレスというだけで逮捕するのは、わたしのモラルに反します。この街ではホームレスなんてめずらしくありませんしね」

「でも、爆弾魔はめずらしいですよね……」

今のところ、この付近の住民でいちばんテロリストに近いことをやったのは彼女だとおもうのだが。警官はヘルメットをかぶりバイクにまたがった。そして人差し指を立ててサングラスの位置をなおし、これまでになく真剣な顔つきになった。

「いいか、よくきけ小市民。わたしは罰金を取るのが好きなんだ。それがわたしの生き甲斐《がい》だ。金、それが人生のすべてさ。わたしは金が死ぬほど大好きだ。現金がね。あのにおい、あの肌触り。現金のためなら、わたしはどんなことでもする。愛しているんだよ。いいか。きさまにおもしろいことを教えてやろう。ホームレスからは罰金は取れない。いってる意味がわかるな? ホームレスは金を持っていないんだよ。いくら連中をけとばしたり縛りあげたりしても、現金はこれっぽちも出てこない。だが、きさまからなら毟《むし》り取れる。そのあげく、きさまが破産しようと橋から飛び降りようとわたしの知ったことではない。わたしはきわめて寛大な人間だ。明日まで待とう。いいな。きさまの本気を見せてくれ。大事なのは金。わかるだろ。そいつをその腐りきったあたまに叩きこんでおくんだ!」

けたたましいエンジン音を鳴らしてピスタチオは去っていった。

*

わたしは友人とともに、社長の家へ向かった。

社長は留守だがしかたがない。どうしてもテノリネコの飼育許可証が必要だった。期限は明日。社長が帰ってくるまで待つことはできない。忍びこんで許可証をちょっと借りてくるだけだ。

バスを乗り継ぎ、山のふもとに広がる森の入り口へ。軽自動車が通りぬけるのもやっというくらいの細い山道をたどる。こんなところに住む人はすくない。家なんて数えるほどしかないから見つけるのはそう難しくなかった。

アーチ形の窓がどこか異国的な雰囲気をかもしだしている一軒家が社長の家だった。窓からそっとのぞきこんだり、聞き耳をたてたりしてみたが、人のいる気配はない。とてもひっそりとしていた。

玄関の鍵《かぎ》穴に針金をつっこんであれこれやってみたら、意外にも簡単に錠の外れる音がした。われながら器用だとおもった。警報器が仕掛けられているようすもない。ドアの取っ手をまわした。だがドアはびくともしなかった。鍵はあいていなかったのだ。というか、そもそも鍵はかかっていなかったらしい。針金で細工しているうちに、逆に施錠《せじょう》してしまったのだ。

「なんで鍵かけてないんだよ！」

森の一軒家だからといって不用心じゃないか。

ユージーンが窓ガラスをわった。

「鹿《しか》が跳びこんだことにすればいいだろ？」

わたしたちは窓から家のなかへ入った。

「おじゃまします……」

室内はきれいに掃除されていた。というか、がらんとしすぎ。はっきりいって生活感がまるでない。修道士みたいな暮らしでもしていたのだろうか。あまりに禁欲的な雰囲気だった。あるいは社長クラスの人間の一人暮らしというのはこんなかんじが標準なのか。なにもかも注文宅配つかいすてといった調子で、きわめてシンプルで機能的なシステムができあがっているのかもしれない。

わたしとユージーンは手分けをして家探しした。

テノリネコの飼育許可証はどこにあるのだろう。金庫的な場所にまとめて入っていそうな気もする。そうなるとちょっとやっかいだ。金庫破りをしなければいけなくなってしまう。なんだか重罪を犯しているような気分になってきた。

けっこう探した。でもそんなに探す場所もなかった。家具が極端にすくない。箪笥《たんす》もないし戸棚もない。机もテーブルもいすもなかった。テレビもラジオも電気スタンドも。金庫だって見あたらない。

キッチンでユージーンと鉢合わせになった。かれのほうもお手上げらしい。わたしはため息をついた。さっきから耳鳴りのような音がしてあたまが重い。

「いったいどこを探せっていうんだ……」

「屋根裏は見たかい？」

「見たけどからっぽ」

「おれの腹もからっぽだ。なんか食べるのもらってもいいかな？」

ユージーンは冷蔵庫をあけた。冷蔵庫のなかもからっぽだった。なんだよ……とかなしそうな顔をするユージーン。冷蔵庫のライトが点灯しなかったのが不自然だった。それからすぐに冷蔵庫のドアに貼《は》られたネコの形のマグネットに気づいた。折りたたまれたメモが挟まれてあった。メモにはわたしの名前が書かれていた。

わたしはメモをひらいた。

置き手紙だった。


『いつもきみにはいろいろと手間取らせてすまない。あれこれ説明するのがめんどくさいから単刀直入にいうけど、あのネコは現物支給だ。会社はつぶれた。そう、つぶれたんだ。つぶれた。つぶれた。つぶれた……。倒産だよ。まったく。会社であつかっている輸入品のシールが贋物《にせもの》だということがばれてね。あの極悪非道なイタリアンヤクーザたちに。うちのお得意さまだ。いってなかったかな？　まあいい。ポンチョとソンブレロに「メイド・イン・イタリー」ってシールが貼ってあっただろう。あれは半分嘘《うそ》だ。商品がイタリア製なのではなくて、シールそのものがイタリア製なんだ。わかるかい。いや、詐欺《さぎ》じゃないよ。逮捕はされない。せいぜい罰金ですむだろう。だって完全な嘘ではないのだからね。個人的にはぎりぎりセーフだとおもうのだが……。でもだめだった。このまま街にいたらイタリアンな一家に殺される。わたしはここを去るよ。もどるつもりはない。そういうわけだ。ゆるしてくれたまえ。かくいうわたしもフランス人ではないんだ。おどろいたかい。わたしもおどろいた。ほんとうはね、わたしはね、ニューオーリンズ生まれのジャポン人なんだ。フレンチクォーターの売春宿で生まれた。両親の顔も名前もわからない。探偵を雇って調べてもらったのだが、とうとうわからずじまいだ。だが、なにはともあれ故郷へ帰るよ。ガンボとベニエとジャンバラヤの味がなつかしい。故郷というのはいいものだね。そういうわけだ。わたしは、さよならをいうのが苦手でね。ネコチャンをよろしくたのむ。無許可で飼っているから税関で引っかかってしまうんだ。別れるのがとってもつらいよ。いろいろと手間のかかるネコだが、小さくてすっごくかわいいだろう？　いささか凶暴ではあるがね……。じゃ、永遠にさよなら。アデュー！——ムッシュ・ニドデマ』

なんてこった。

わたしはたぶん静かな顔をしていたとおもう。じっと無表情で冷蔵庫のまえに立ちつくしていた。声もあげずに何度もドアにあたまを打ちつけていた。

「まじかよ、ずっとアラブ人かとおもってたよ！」

というユージーンのおどろきもわけがわからない。実際、かれがそういったのかどうかも自信がなかった。あたまががんがんする。耳の奥に大きな蟬《せみ》がもぐりこんで取れなくなったみたいなかんじがした。

それは耳鳴りではなかった。

悲鳴や罵声《ばせい》や叫び声だ。テレビでもついているのかとおもったが、そんなものはどこにもない。パトカー、消防車、救急車の音。警笛、サイレン、拡声器。ヘリコプターの羽根の音もきこえた。それとなぜだかピアノの音も。

あたまがどうかしてしまったのだろうか。ついには地響きまできこえ、家全体がみしみし音をたててゆれた。よろめきながら、窓辺にかけよった。

木々の向こうにネコが見えた。山並みを背後に歩いていた。カラスがネコの腹の下をあわててくぐりぬけていく。数頭のネコがうろついていた。街をけちらし歩いていた。おそらくいちばん大きいのがネコチャンで、あとにつづくのがネコチャンの子どもたちだ。

でも、もうそんなのはどうでもよかった。

明日を待たずに破滅だ。自分だけでなく、街をまきこんでの破滅。

「どーすればいいんだ……」

わらにもすがるおもいでユージーンを見たが、その期待もあっけなく消えた。

「おれたちみんなが大きくなれば、ネコもふつうのサイズに見えるんじゃないか？」

などと非現実的な解決策をいうのだ。わたしは泣きそうになっていた。

ピアノはバーサーンの曲だった。それもひとりではない。きっと街じゅうのばあさんたちをかき集めて、全員で例の曲を合奏しているのだ。あの無限多重奏とかいうやりかたで。そしてブルースハープ。反復して増幅して増殖していく空気の振動。どれもこれも調律が狂っていた。グランドピアノにアップライトピアノにトイピアノ。グランドグランドピアノにトイトイピアノ。バスピアノやソプラノピアノなんてのもあるのかもしれない。

テノリネコたちはピアノの音を背に街を破壊していく。

家々はマッチ箱のように吹き飛び、何台もの車が宙を舞う。トラックだって、パトカーだって、救急車だって。サイレンを鳴らしながら宙を舞う。ピアノが宙を舞う。

ばあさんたちが宙を舞う。ピアノを弾きながら宙を舞う。牛が舞う。ロバやヤギやヒツジも舞う。ホームレスも舞う。手榴弾が飛びかう。イタリアンヤクザが舞う。空き缶が。ビール瓶が。丸太が。ピスタチオが。ブリトーが。焼きうどんパンが空を飛ぶ。シーラカンスも空を飛ぶ。モグラのぬいぐるみやカナディアンデスラッパも。街は燃えている。テノリネコに燃えている。

このままネコたちがどこまでも大きくなりつづければいいんじゃないだろうか？肉眼で認識できなくなるほど大きくなって。そしたらだれもテノリネコがそこにいることにすら気づかなくなるんじゃないだろうか。ゾウの存在に気づかないアリみたいに。気づかないなら問題は解決だ――。

わたしはユージーンに負けず劣らずの非現実的な解決策を夢想していた。けっきょくのところ、わたしもユージーンもバカなのだ。能なしの役立たずなのだ。

だれも気づかないくらい大きくなったって、なんにも解決しやしない。ふいに空が暗くなったとおもったら、街がぺちゃんこになる。それだけのこと。なすすべはない。テノリネコたちのなかでもひときわ目立って大きなネコが森の木々をふみつぶしてこちらへやってくる。いうまでもない。ネコチャンだ。社長のおうちに帰りたいのかもしれない。なぜだか空に浮かんだ雲が鉄でできているように見えてしかたなかった。

突如雨が降ってきてテノリネコが溶けていくとか、キョダイテノリネコ対策に特化した精鋭部隊が手際《てぎわ》よくネコの始末をつけるとか、なにかの呪文《じゅもん》をとなえるとこなごなにネコが砕けちっていくなどといった、そんな映画みたいな奇跡はおきなかった。そういったたぐいの解決など、自分はまったく望んでいないということにわたしは気づいた。

空から一匹のモグラが降ってきた。ぬいぐるみのモグラだ。

ネコチャンが家のまえまでたどりつくのは、あっというまだった。ほんの数歩のことなのだから。家の窓辺に立つわたしを空から見おろすでかいネコ。夕日が空をあわく染めはじめていた。テノリネコはひげをぴんとのばして、舌なめずりをした。ネコの目のなかにある種の光がきざすのが見てとれた。だがそれもすぐに消えてしまった。気のせいだったのだろうか。わたしにはそうはおもえない。ユージーンが止めるのもかまわず、わたしは玄関をあけて家の外へ出た。そうして左の手のひらをうえにし、空に向かってさしだしていた。

アンラクギョ

町外れの化学工場で事故がおきて以来、ネコビトたちが夜の郊外を徘徊《はいかい》するようになった。ネコビトだけではない。事故以来、おかしな生物が増えていた。だれも気づかないうちに増えて、あたりまえのように町にとけこんでしまっていた。チワワぐらいの大きさの象。あまりに長すぎて尻尾《しっぽ》を踏まれても嚙《か》みつきかえすのに十二時間かかる蛇。幼形成熟なのか、どこまでも巨大化しつづける芋虫。都会化した猿。孔雀《くじゃく》色のアヒル。空飛ぶダンゴムシ。湖で首長竜らしき影を目撃した人もいるという。危険なものもそうでないものもいたが、いちばんやっかいなのはやはりネコビトたちの存在だ。ネコビトときたらなにをするのかまるで予測がつかない。夜間になれば獰猛《どうもう》性が増し、人を襲って危害を加える可能性もあると推測する学者もいた。店長だってそういったことはもちろん知っていた。だがどうしてもこのピザを届けなければならなかった。町の助役から注文されたのだ。大事な客だ。なにしろ店の売り上げの九一%を助役の注文がしめている。届けなければ店は閉店。破産だ。店長はこころぼそい気持ちで自転車を漕《こ》ぎ、暗い坂道を登っていた。

道の両側に繁《しげ》るうっそうとした木立が夜の輪郭をじぐざぐに切りとっている。ときおり吹きつける風で木々は波のような音を立てた。そのたびに油のさしていない自転車のチェーンの音がかき消される。あたりでは涼しげな虫たちの声がきこえていた。

それは特別なピザだった。一枚二十三万円。二枚で四十六万円だ。割引はない。四十六万といえば大金だ。半年は食べていける。店だって二ヶ月はもつだろう。そのうちにまた大きい注文が来ればいいのだ。先祖代々受け継がれてきたこの店を、自分の代で終わらせるわけにはいかないという信念が店長にはあった。

「速さだけが取り得のベロシティピザ」

開店当初はそんな宣伝文句でずいぶん儲《もう》けていたらしい。だがいまでは配達の速度などなんの売りにもならない。どの店だって稲妻みたいに速い。速度に取って代わるものが必要だった。スクーターも処分せざるを得ない経営状況ではなおさらだ。

そこで店長はイタリア人にピザを作らせるというアイデアをおもいついた。ピザといえばイタリアだ。まさに本場の味。バイトで即席に雇った男だが、それでじゅうぶんだった。イタリア人というのはただの触れ込みであって、それ自体が味を決めているわけではないのだから。

重要なのはトッピング。具体的にいえばアンラクギョだ。学名アオクソモクソア。この町でしか捕れない天然記念物の魚。町のシンボルにもなっている。さっきも湖の畔《ほとり》に立てられた観光案内の大きな看板の前を自転車で通りすぎたところだった。

「アンラクギョの町へようこそ!」

文字の上に陽気に跳ねるトビウオみたいな魚がアンラクギョだ。

漫画みたいにデフォルメされた目をかわいらしく輝かせているが、実際は色素が薄く、どんよりとくすんだ虹彩《こうさい》をしていた。たしかに水のうえに跳ねることは跳ねるが、トビウオのような軽快さはなく、どちらかといえば干潟《ひがた》の泥を這《は》いまわるムツゴロウやトビハゼのような間欠的な不安定さがある。首の両脇《わき》にある大きな鰭《ひれ》で水面を打ちつけるのだ。前に跳んだり、後ろに跳んだり。尻尾がだらしなく垂れさがっているのが特徴的だった。

看板はいくぶん錆《さび》ついていた。この地帯特有の腐食性の強い雨が錆を押し流し、垂直にいくつもの筋を作っていた。赤茶色の筋は、アンラクギョが涙を流したあとみたいにも見えた。

店長はアンラクギョを、湖の畔に住む石像みたいな手をした女から仕入れていた。

女の目はどこか焦点があっていなかった。女はありあわせの材木やブルーシートで作られた掘っ立て小屋のような家にひとりで生活している。年齢は不詳。十代の娘に見えるときもあれば、次の瞬間には百歳の老婆《ろうば》に見えることもあった。見た目も声もゆらゆら揺れうごいていてとりとめがない。

女は魚に詳しかった。湖で捕った魚を売りさばいて暮らしていて、店長はアオクソモクソアという学名をこの女からきいて知った。

石像みたいなのは手ばかりではない。顔も足も、おそらく体全体がそうなのだろう。ずたずたの白いボロ布のような衣服で全身を覆《おお》い隠していたので、手だけが強く印象に残っていた。ざらざらしていて灰色がかった手の甲。一度ふとした拍子に手が手に触れたとき、店長はぞっとした。冷たいのか熱いのかわからなかった。蛇口からあふれる冷たい水を熱湯と錯覚し、おもわずはっと手を引っこめる。あのときの感覚に似ていた。

＊

「こないだより値段が高くなってないかい?」

そうたずねると女は早朝の霧が漂う湖に顔を向けたままこたえた。

「だいぶ数が減ってきていますので」

森に隣接した左手の岸辺には、風で押し流された発泡スチロールがたくさん寄り固まって浮いているのが見えた。化学工場から流れてきたのだ。事故以来ずっと放置されたままだった。かき集めてみたところで棄《す》てる場所がない。棄てる場所がないからそのままになっている。天然のゴミ捨て場みたいなものだ。これから数百年にわたって湖にとどまりつづけることだろう。それまでにこの町はゴーストタウンになっているかもしれない。だれもいない廃墟《はいきょ》の町をながめながら、ぷかぷか浮かんでいるのだ。

「だが、値段が倍というのはどうかとおもうのだがね」

「いやなら買わなくてもけっこうです」

「そういう意味ではないのだが」

「じき絶滅するのですよ」

その声が店長の鼓膜に妙に響いた。耳にきこえるというより頭にきこえた。それ以上に胸のあたりに直接響いた。なぜそんなふうにきこえたのか、店長にはわからなかった。まごついてパーカーのポケットに意味なく手を出し入れし、フードをかぶり直す。森のほうに視線を向けるが、静まりかえっていて鳥の声さえきこえなかった。それは困ったものだねと店長は独りごちるようにつぶやいた。

「もともと絶滅危惧《きぐ》種に指定されていますので」

「ああ、わかっているよ……」

それも野生に残存している種では最高級の危機に瀕《ひん》しているＩＡ類（ＣＲ、近絶滅種）だ。捕まえるのは違法。もちろん調理は許可されていない。食べるなどもってのほかだ。つまりアンラクギョのピザは完全に違法なメニューだった。

「突然変異のせいで、まともな状態のものはいよいよ数が少なくなってきています」

「奇形かい？」

「胸から手が生えていたり、カエルのように腹がふくれあがっていたり、顔がなかったり。そういったものでもよろしければお売りしましょう」

店長は頰髯《ほおひげ》をかきながら湖畔の石ころに目を落とした。これも事故の影響なのだろうか。半年ほど前、化学工場の壁に大きな穴があいた。なにかに齧《かじ》られたのだ。大きなネズミたちの仕業ではないかといううわさもあったが、ほんとうのところははっきりとしない。工場からなにが流れ出したのかもいまだにわからない。大量の発泡スチロールが霧深い早朝の湖面をおおっているのを住民たちが目撃していなければ、そのままだれも知らずにいたかもしれない。店長は目玉が九つある魚がピザの上でこちらをにらみかえしているさまを想像した。

「ふつうのやつでいいよ」

力なくこたえる。言い値が高いのなら自分で捕まえたほうがいいのではないかとおもった。そのことにおもいあたると店長は急にあかるい顔になった。

「アンラクギョを捕るのはなかなかむずかしいんだろうね。だから値段も高いんだろう?」

「いいえ、簡単です」

女の返事に、店長はこぼれ落ちそうになる笑みをこらえた。頬が不自然に引きつり、むしろ苦痛に耐えているように見えるくらいだった。

「そんなに簡単なのかい?」

「手をたたくだけです」

女は無表情にこたえた。

「手?」

店長は首をかしげて目を細める。すると女は手を打ち鳴らした。手から爆竹みたいな音がした。静まりかえった湖面に魚が不格好に跳ねた。アンラクギョだ。店長は目をまるくした。女の手が爆竹みたいな音がするということにも驚いたし、その音に反応してアンラクギョが跳ねることにも驚いた。

「ほら、簡単でしょう」

「なるほど、簡単だ」

店長もためしに手をたたいてみたが、うまく鳴らない。湖はひっそりとしたままだ。女がまた爆竹みたいに手を鳴らす。魚が跳ねる。店長が手をたたく。何度も連続で手をたたく。いっこうに爆竹みたいな破裂音は鳴らないし、魚が跳ねる気配もない。どういったこつがあるのか。手のひらをまるめてみたり、反りかえらせてみたり、全力で打ちつけたりしてみたが駄目だ。工夫を凝らせば凝らすほど、ろくな音がしない。手のひらがびりびりと痺《しび》れてきた。

「本物の爆竹を鳴らしたほうが早いんじゃないのかね……」

店長が情けないため息をもらす。

「それはやめておいたほうがよいでしょう。あまり音が大きいと、かれらは怒りますから。ああ見えても肉食です。今年の夏、湖畔で花火をして遊んでいた男が両手の指をひとつ残らず食いちぎられました」

淡々とした口調で女に説明され、店長は眉間《みけん》にしわを寄せた。もう一度だけ手をたたいてみたが、粘土と粘土をぶつけあわせたような音しかしなかった。女がふりむき、

「もう少し左手を傾けるのです」

といって手をかまえて見せた。そうしてふたりであれこれやっているうちに、たがいにゆらゆらさせていた手と手がぶつかった。その瞬間、ざわりとした感触が店長の背筋を走った。体の芯《しん》がぐらりとなって空と湖がさかさまになるような錯覚がした。そのとき店長はさとった。女の得体の知れない石像のような手でなければ、こんな音は出るわけがないのだと。そうしておとなしく言い値で魚を買って店に帰ることにしたのだった。

*

店長はなにかの気配をかんじてペダルを踏む足を止めた。からからいう車輪とチェーンの音がゆっくりと停止した。街灯が路面に黄色い濃淡を描いている。道の前後に視線を走らせる。木立の暗がりにじっと目を凝らす。かすかにプラスチックの溶けるようなにおいがしたが、すぐに消えてしまった。湿った空気が体にまつわりつく。虫たちの声がいつのまにか止《や》んでいた。風が葉をゆらす音以外なにもきこえない。

「気のせいか……」

坂道はまだ続いている。気を取りなおしてペダルに足をかけた。そろそろと漕ぎだされる自転車。ハンドルも安定しないうちにタイヤがパンクして、空気がいきおいよく抜ける音がした。

「なんだこれは？」

よろけるように地面に足をつく。サドルから降りて確かめてみると、前も後ろもパンクしていた。路面のあちこちに妙なものが散らばり、街灯の光を鈍く反射させていた。きわめて鋭角に尖《とが》った三角錐《さんかくすい》――撒菱《まきびし》だ。いったいだれがこんないたずらをしたのか。店長は顔をゆがめてあごに手をあてた。人気《ひとけ》のない山道でパンクした自転車を押して歩くのはさびしい。暗い夜ならなおさらだ。こんなことなら無理にでもバイトに配達させればよかったと後悔した。

助役からの電話を受けたのは店長だった。店番と電話番は店長、調理をするのはバイト、そしてそれを配達するのは店長の役目。そういう役割分担になっていた。

＊

電話口から助役のかすれるような声がもれきこえた。言葉の焦点がはっきりとしない。典型的な禁断症状にちがいなかった。アンラクギョは一度食べれば病みつきになる。死ぬほどうまい。店長自身、何度その誘惑にかられただろう。配達の途中で足を止め、建物と建物のあいだの谷間でピザを見つめて、脂汗《あぶらあせ》をかきながら逡巡《しゅんじゅん》することもしばしばあった。はっとわれにかえり、底なし沼からやっとのおもいで首を出したかのように、その誘惑から逃れるのだった。

電話に出たとき、こんな遅い時間に注文が来るのもめずらしいとおもった。だがすぐにおもいなおした。突発的にわきあがった欲求にあらがうことができないほど、助役はアンラクギョの魅力に取り憑《つ》かれてしまっていたのだ。

「用心してくれよ……」

電話を切る寸前、助役はそういった。わかっていた。いうまでもない。なにしろ違法のピザなのだ。罪に問われるのは売るほうだけではない。買った人間も同罪だ。ましてやそれを食べたのが町の助役だとしれたら大変な騒ぎになるだろう。どうしたって免職はまぬがれない。悪くすれば暴動がおきて袋だたきだ。それでも彼はアンラクギョを食べたいのだ。怖《おそ》ろしい魔力だと店長はつくづくおもった。

それにしても真夜中近くに助役の家まで配達するのは正直いっておっくうだった。とくにあの坂道はきつい。助役は町はずれの小高い丘のうえの一軒家で、家族とともに暮らしているのだ。それに郊外を徘徊するネコビトたちのこともある。あまり引き受けたくない仕事だった。店長はピザの生地をぞんざいな手つきで空中回転させているイタリア人のバイトに声をかけた。

「きみの家はゴルゴタ丘のほうだったね」

バイトは眉間にしわを寄せて険しい表情をしていた。伸ばしたあご鬚《ひげ》と子どもっぽい頬の赤さとの落差がなんだか奇妙だった。バイトは返事をしなかった。ピザの回転速度があがったことから、きこえなかったのでなく無視をしているのだと店長にはわかった。再度同じことをたずねると、めんどうそうにこたえた。

「逆です。それより残業代は出るんですよね。ていうか先月のバイト代もらってないんですけど」

「ああ、そうだ。そのとおりだ。でも、きみの故郷はあっちの方角だろ?」

「故郷はこの町ですが」

「その故郷じゃない。生まれた国の話をしているんだ。つまりイタリアっていうのは向こうのほう。ちょうど助役の邸宅がある丘のほうになるよな」

「生まれも育ちもこの町だってことは知ってるじゃないですか」

「だが、きみの祖父母はイタリア生まれじゃなかったかなあ」

「それがどうしたっていうんです」

「きみはそのピザを作り終えたらあがりだ。帰っていいわけだ。もちろん残業代は前向きに検討してみるよ。当然だろ。それがわたしの職務だ。だがもう夜も遅い。きみも疲れているが、わたしはもっと疲れている。配達というのは想像をはるかにこえるほどの激務だからね。きみはわからないだろうが、ずいぶんと骨が折れるものだよ。だからね、そう。もしよかったら、今回だけはきみがかわりに配達してきてくれると助かるのだがと考えていたんだ。帰る方角といっしょなんだから、ついでみたいなもんだろ?」

「だから方角が逆なんですけど」

「待て待て。それは仮の住まいの話じゃないか。最終的にきみ、もしくはきみの祖父母が帰る場所、骨を埋《うず》めるべき場所は、あっちの方角でまちがいないはずだよ」

「距離と時間のスケールがちがいすぎます」

こたえるのもばかばかしいといった調子で吐きすてるようにいった。ピザの回転がアクロバチックになり、生地が楕円《だえん》形にゆがむ。バイトの頬は熟れたトマトのように赤くなっていた。

「きみ、よく考えてみたまえ。ものごとは巨視的な視点で判断していかなければいけないものだよ。こういうものはね、えてして――」

　バイトは店長の言葉をさえぎり、

「このアンラクギョ、ちょっと大きくないですか」

　生地を器用に回転させたまま、トレーにならんだ魚に目を落としていった。店長も横目で見る。死んだ魚が口をあけてこちらを見つめかえしていた。鋭い歯が小刻みに波打っているのが口からのぞいている。

「気のせいだろ。まあ大きいなら大きいなりに値段もつりあげねばならんだろうな」

「いなくなったらどうするんです？」

「なにがだね」

　さっぱりわからんという調子で店長はバイトの顔を見あげた。

「この魚、絶滅するんでしょう」

「心配するな。それまでには店の経営状態もよくなっているから」

　バイトはききとれない声で無表情になにかつぶやいた。生地の回転が少し遅くなったようだ。

「それで。バイト代はいつもらえるんですか」

「きみは口をひらけば金の話ばかりだな。きみがやるべきことは金の勘定ではないだろう。きみの人生の目的は最高のピザで客によろこんでもらうことじゃないのかね。無論そのはずさ。その道をつきすすむんだ。坂道をこえてね。そうすれば、金なんてものはあとから自然とついてくるさ。だからきみは是非ともピザを配達すべきだよ」

「ぼくの仕事は作ることだけです」

「きみは融通がきかないね」

「そういう契約ですから」

店長はこれみよがしに大きくため息をつき、目を細めてバイトの顔に視線をからみつかせた。そして、ぽつりといった。

「移民局に通報してもいいのかね？」

ピザの生地が空中でびゅんびゅん回転する音がきこえる。まるで自立して活発にうごきまわる平べったい謎《なぞ》の生き物のように見えた。そいつを捕まえようとして、バイトの手が踊るように生地を追いかけているのだ。

「これ窯《かま》に入れたら帰って寝ます。あとは自分で取り出してお客さんに持っていってください」

そういったきりバイトはもう口をきかなくなった。

＊

どこがいけなかったのだろうと店長は自転車を押しながら考えた。これといっておもいあたる節がない。助役の邸宅まであと少しだ。この森が途切れれば、ひらけた丘のてっぺんに出る。丘のうえからは湖が見おろせる。風に吹かれて発泡スチロールが群れ漂っている湖。それらはまるで永遠に死なない生き物たちみたいだ。まばらになってきた木々の隙間《すきま》から、対岸の工場地帯の灯りがちらほらと見えはじめてきていた。煙突から吐き出される煙が低い空で雲とまじりあっているのが夜でもわかった。二十四時間休むことなく動いているのだ。

工場の灯りをながめながら歩いていたら、なにかが音もなくそばをすれちがった気配をかんじて胸がはっとした。あわててふりかえると、ネコビトがならんでついてきていた。いつからいっしょに歩いていたのか、まるで気がつかなかった。撒菱はこいつのしわざだなとすぐにさとった。

ネコビトはいつもそうだ。いつ姿を見せて、いつ消えるのかわからない。そしてなにをしでかすかわからない。かれらは名前のとおり猫みたいな人だ。あるいは人みたいな猫。猫が後ろ足で立ちあがって人間みたいに歩いている。それが猫にしては矢鱈《やたら》と大きいので気味が悪い。人間の大人と同じくらいの背丈だ。犬は大きくなっても飼い主を襲うことはないが、猫は大きくなったらためらいなく飼い主を食べてしまうだろう。そんな話を店長はどこかで耳にしたことがある。そのことをおもいだすと、なおさらネコビトが怖くなった。

「なにか用かね？」

声が震えるのを勘づかれないよう気をつけながら店長はネコビトに向きなおった。平均的なネコビトよりもいくらか体格が小さいかんじがした。それでも自分より少しばかり背が低い程度だ。子どものネコビトというわけでもないだろう。

「いえ。そう。ええ。まあそうです」

なんだかはっきりとしない。

「用があるならいってくれないか」

「ええ。まあそう。そうです。そうなんです」

「なんなのだね？」

できることならさっさと追いはらいたかった。

「そう。まあ。あれですね」

ネコビトの視線は自転車の荷台にくくりつけてあるピザの箱に釘付《くぎづ》けだった。瞳孔《どうこう》がまるく大きく開かれているのが一目でわかる。

「こっちは急いでいるのだよ……」

店長の声はつぶやくように小さくなっていた。

「ええ。いいえ。待ってください。わたしはあなたと友達になりたい」

唐突な申し出だった。無論人間とは感覚がちがうのだからしかたがないが。ネコビトの目はあいかわらずピザの箱にそそがれたまま一秒もそらそうとはしない。鼻をしきりにひくひくさせている。どう考えてもピザを狙《ねら》っているとしかおもえなかった。

そうだ、アンラクギョだと店長はおもった。ふつうのピザならネコビトをこんなふうに引き寄せることもなかった。アンラクギョはきっと猫にとっても絶品なのだ。

「これはあげられないんだ」

先手を打ってはっきりとさせた。

「いえ。いえ。わたしは友達になりたいだけです。友達になって獲物《えもの》をわかちあいたい」

やっぱりだ。

「この魚はだめなんだよ」

「いえ。この魚がいい」

「だめだといっているだろう。なにしろ特別な魚だからね」

「ええ。特別。すごく特別です」

「すまんが仕事なんだ。あっちへいってくれないかな」

「いえ。わたしはもうあなたの友達です」

「猫なら魚ぐらい自分で捕まえればいいじゃないか」

「だめ。だめです。この魚は捕れない。湖には悪い怪獣がいる。わたし、食べられてしまう。とても近づけない」

首長竜のことだなと店長はおもった。いや、あれはただのうわさ話だ。ネコビトやチワワゾウやナガナガヘビみたいにみんなが目撃しているわけではない。このところいろんな生き物が増えたものだから、そんな怪物がいてもおかしくはないような気がするだけのことだ。なにかの見まちがいに尾鰭がついたのだろう。町の人びとはあれこれ憶測している。オオイモムシのように、オタマジャクシが巨大化したものだろうという人もいる。だがオタマジャクシに首はない。ナガナガヘビが太くなってナガナガフトウミヘビに変化したのだという説もある。長さと太さが増したぶんだけ体も重くなり、地上では生活しづらくなったため、水に入ったというのだ。あるいは白鳥か黒鳥の見まちがいだろうという話もある。このあたりには白鳥も黒鳥も飛来してこないが、そっちのほうがまだ信憑性《しんぴょう》があった。

「きみはあんな根も葉もないうわさ話を信じているのかね？」

店長はネコビトの顔をのぞきこんだ。かれらにも恐怖感というものがあるとわかると、それほど怖くはないような気がしてきた。ネコビトはそんな店長にはかまわず、黙ってピザの箱に両手をかけた。

「おい、やめろ」

とっさに店長はネコビトを突き飛ばした。ネコビトが向きなおり威嚇《いかく》的な表情を見せる。瞬時に瞳孔が縦に細くなるのをまのあたりにして、店長はぞっとした。むきだしの牙《きば》が想像以上に鋭かった。だがすぐにネコビトの顔はもとにもどり、

「いえ。あなたは友達です」

といってまたピザの箱に視線を落とす。店長はため息をもらした。

「そうだな。そう。きみは友達だよ。だが今はちょっと時間がないんだ。ピザならあとでご馳走《ちそう》してやる。それまで少し待っていてくれ。そう長くはかからないから。いいかい。友達ならわかってくれるだろう？」

「ええ。ええ。わかります。わかります」

箱を見つめたままネコビトはこたえた。

「ならよかった。きっともどってくるよ。最高のピザを持ってな。この仕事をかたづけたらすぐにだ。じゃあ、頼んだよ」

店長は早口にまくしたて、返事も待たずにその場を立ち去った。ふりかえりもしなかったが、ネコビトが追いかけてくる気配はなかった。なんとかうまくやりすごすことができた。

＊

念のために警察に連絡しておこうとおもった。ネコビトというのはまったく迷惑な存在だ。いつまたどこから飛びだしてくるかわかったものではない。油断は禁物だ。

店長は早足をやめて立ち止まった。あたりに怪しい気配がないことを確認すると携帯電話を取りだした。が、すぐにおもいなおした。

「だめだ。こんな違法のピザを持って、どうして警察が呼べるものか。調べられたら一巻の終わりだ。なんて説明すればいいっていうんだ」

木立の向こうに見える工場の灯りをぼんやりとながめ、難しい顔をする。ソラトビダンゴムシが数匹、額をかすめていったがべつにどうということはない。店長はおもいたって電話をかけた。

『なんなんですか、こんな夜中に』

十回ほどかけなおしてようやくつながった。

「もしかして寝ていたのかい」

と店長がたずねると、店でそういったじゃないですかと刺々《とげとげ》しい声がかえってくる。

バイトに電話をしたのだ。

『なにか用ですか？』

「いや。まあ。そう。そうだな。きみとわたしは上司と部下ではあるが、それと同時に友達のようなものでもあるだろう」

しばらく間があってから、

『いいえ』

「うん。まあ。友達みたいなものだよ」

なんだかネコビトの口調がのりうつってしまったようなかんじがして自分でも落ち着かなかった。

『眠いので用件をいってもらえます？』

「ああ。うん。いや。ちょっと大変なことがおきていてね」

なんなんですかとじれったげな声。

「助けに来てはもらえないものかな」

『なにをです?』

「じつはその、配達の途中でネコビトに出くわしてね。襲われそうになったんだ。どうやらピザを狙っているらしい。というか正確にはアンラクギョなのだがね。それで、このままではどうも危ない。わたしの身が危険だ。だから今すぐこっちへ来てもらいたいんだ。腹心のボディガードとしてね」

またしばらく間があった。

『明日の朝予定があるので失礼します。それじゃ』

「おいおい待ってくれ頼むよ相棒。このままでは殺されてしまう。わたしを見殺しにする気かね」

『たしかにネコビトはめんどくさいですが、人間を殺したなんて事件はきいたことありませんよ』

「ああ。まあ。そうだ。たしかにそうだろう。だが、これからおこらないとは限らない。というかおこるんだ。きっとそんな事件がおこるよ。それも今夜にね。きみだって明日の新聞でわたしの死亡記事を見るのはいやだろう？」

『べつに』

今度は店長がしばらく言葉を失ってしまった。ややあって口をひらく。

「すまん。どうも電話が遠くてよくきこえなかった。とにかく早く駆けつけてくれ。これは上司としていっているんだ」

『バイト代はいつ出るんです？』

「じきに出るさ。あとちょっとの辛抱だ。このピザを届ければ、とてつもない大金が入ってくる。そしたらバイト代なんかいくらでもくれてやるさ」

『もうがまんの限界です。明日までにきっちり払ってください』

「明日は無理かもしれん」

『いいえ、明日です』

いつになく断固としたバイトの口調に店長は反射的に強く舌打ちをした。そして、

「この、貧乏人のマカロニ野郎め。いつもいつも金の話ばかりだ。おまえらろくに字も読めないんだろう。だからまともな職にもありつけないんだ。まったくあきれたもんだな。とっととシチリアに帰りやがれ。この犯罪者集団が！」

おもわずそう怒鳴りつけると、バイトは静かな声で、

『そうですか、よくわかりました』

といって電話を切った。店長はもう一度かけなおそうとしてやめた。それから少し冷静になると、ちょっといいすぎてしまったとおもった。こんなことなら電話をしなければよかった。まるでなんの解決にもならない。

＊

何度も後ろをふりかえりながらネコビトに用心して歩いてきたが、どうにか無事に助役の邸宅にたどりつくことができた。呼び鈴を鳴らすとゲート脇にある歩行者用の扉がひらいたので、自転車を押して潜《くぐ》りぬけた。夜の庭にアヒルやリス、ゾウやキリン、カタツムリやウサギなどといった動物の形に刈りこまれた大きな植木がいろんな方向を向いてならんでいる。そのあいだを縫うようにして敷かれてある煉瓦《れんが》道をたどれば玄関だ。

玄関のドアには剝製《はくせい》の鹿《しか》の頭が突き出ていた。鹿の目は悲しげな色をしていた。こういうのはふつう室内に飾ってあるものではないかと店長はおもうのだが、どうも金持ちの考えていることはわからなかった。

ノックするよりも先にドアが自動的にひらいた。ピザの箱を自転車の荷台から解いてなかへ入る。助役が待っている場所はわかっていた。いつも階段をあがって廊下をコの字に曲がった突きあたりの部屋にいるのだ。そこが彼の書斎だった。これまでもときおり助役の奥さんや子どもたちの姿を見かけることがあったが、こちらがピザを配達しにきたのだと気づくと、それまで浮かべていた笑みを消して、なにもいわずにそそくさとどこか奥の部屋へと引っ込んでいくのだった。今日は夜も遅いせいか、だれの姿も見あたらない。廊下のランプが等間隔にならび、壁や天井に光をまるくにじませている。邸宅の外で虫が鳴いているのがきこえた。

角を曲がると廊下の先に書斎のドアがあいているのが見えた。部屋の灯りがもれている。もうすぐ大金が手に入るとおもうと店長は自然と足早になった。いつものように声を潜めたあいさつをし、部屋に足を踏みいれる。

さまざまな動物たちがモチーフになっている茶色と黒の大きな壁画が目に入った。その壁画を背に、骨董品《こっとうひん》のような地球儀、年代物の電気スタンド、イタチの剝製などといったものがならべられた広い木製の机がある。いつもその背もたれの大きい椅子《いす》に座って助役が待ちかまえているのだった。

だが今夜、そこに彼の姿はなかった。店長は表情を曇らせた。室内を見渡してみたが、どこにもいない。机の陰にでもかがんでいるのかとのぞいてみたが、やはりいない。店長は首をかしげた。どこから入ってきたのか、一匹のヨコバイが電気スタンドのまわりをくるくる回っている。可能なかぎり正確な円を描こうとして何度も何度も飛んでいるように見えた。ふと薄暗いバルコニーに人影があるのに気づいた。助役だ。パジャマ姿でテーブルの椅子に腰かけ、こちらに背を向けている。金のにおいに店長は笑みを浮かべながら陽気な足どりでバルコニーへ向かった。

「助役さん、注文の品をお持ちしましたよ」

バルコニーに出てそっと声をかけた。が、すぐに驚いてピザの箱を取り落としそうになった。テーブルの席に座っていたのは助役だけではなかった。彼に対面して一匹のネコビトが腰をかけていた。平均的なネコビトよりもずいぶん大柄な印象を受けた。座っていても背が高いのがわかる。さっき遭ったやつとは、あきらかにべつのネコビトだ。ネコビトは猟銃をかまえていた。銃口は助役に向けられている。助役は手足を椅子にくくりつけられていて身動きがとれなかった。鼻の下の灰色の口髭《ひげ》が元気なくしおれている。簡素な白い丸テーブルの中央には携帯電話が置いてあった。店長にはそれが助役のものだとわかった。ひんやりとした夜風がかすかに観葉植物の葉を鳴らす。

「おや。まあ。遅かったなあ」

ネコビトがにやにやしていった。店長は状況が飲み込めずあたふたするばかり。なんとこたえていいのかわからなかった。大声をあげれば家族が察知してくれるのではないかとも考えたが、そのまえに助役が撃たれてしまいそうだ。そしたら次はきっと自分だ。助けが来るまえに二人とも死んでしまう。

「あんた、一人で来たのか？」

かすれた声で助役がいった。

「ええ、そうですが」

「なんてまぬけだ」助役は鼻にしわをよせる。「用心しろといっただろう」

「もちろん用心してきました。トッピングのことはだれにも怪しまれていません」

「そうじゃない。そんなことはあたりまえだ。そのためにわざわざいったとおもうか？」

「いえ、はい。ええと、そうですね」

「見てのとおりだ。警察に通報するくらいの知恵はなかったのか。まったく」

店長は助役とネコビトに交互に視線をうつす。

「なにがあったんです？」

「ああ。いいにおいだなあ」

銃をかまえたネコビトがうれしそうな声をもらす。見覚えのある猟銃だった。助役のものだ。壁に飾られているのを見たことがある。もちろん本物。弾も出る。弾だって本物だ。助役は野生の動物を狩るのが趣味で、しとめた獲物をよく自慢していた。

「その銃って助役さんの銃ですよね？」

「それがどうした」

めんどうそうに助役はこたえた。

「いえ、べつに。ピザの代金いただけます？」

そういう状況でもなさそうだが、いうだけいってみた。助役はあからさまに眉《まゆ》をひそめて店長をにらみつける。

「やるわけないだろ。わしは頼んでおらん」

「でも、電話で注文したじゃないですか」

「こいつに脅されて電話したんだ。そんなこともわからんのか」

「えっと。きみが注文したのかい？」

店長はネコビトにきいた。

「うん。うまそうだなあ。ここに置いてくれないかなあ」

いつどこでかはわからないが、このネコビトは助役がアンラクギョのピザを食べているのを嗅《か》ぎつけたのだろう。棄ててあった食べ残しでもみつけたのかもしれない。それでアンラクギョの味にとりつかれてしまったのだなと店長はおもった。ものはためしにいってみた。

「じゃあ、きみ。お金払ってくれるかな？」

「知らないなあ」

そんな無責任な。店長はネコビトが猟銃を持っていることも忘れて抗議した。

「一枚二十三万もするんだぞ。払ってもらわないと困るよ」

「お金は持ち歩かないからなあ」

「なら、家にならあるのかい？」

ネコビトというのがどこに住んでいるのかは知らないが、金があるならそれでかまわないような気がしてきた。

「おい、あんた。さっきからなにをやっているんだ？」

助役がいらだった声をあげた。

「仕事ですが」

「それより先にやることがあるだろ。なんとかして、こいつを追っ払え」

「そういわれても、いったいどうすればいいのか」

「わしを助けたら倍の金を出してやる。いくらだ」

「二枚で四十六万ですので――」

「九十二万か」

「あ、深夜料金で五割増しになるのを忘れるところでした」

「いや、九十二万だ。じゅうぶんだろ」

「ええ。まあ」

もらえる額を想像して、店長は自然と笑みがこぼれた。

「だが、もし助けることができなければ、アンラクギョ法であんたの店を破滅に追いこんでやるからな」

助役にいわれて笑みが消えた。助からなければ、それもできないだろうに。店長は言葉をのみこみ、口をへの字にした。

「早くピザを置いてくれないかなあ」

ふと見るとネコビトの銃口が自分の顔に向いているのに気づき、店長はぞっとすくみあがった。ネコビトの感覚では、いつどんなタイミングで発砲するかわかったものではない。店長は小さなうめき声をもらす。

ピザの箱をテーブルに置くべきだという気がした。しかしそれでは九十二万が手に入らない。それともアンラクギョさえ食べれば、ネコビトは満足して去っていくだろうか。そうすれば助役も自分も助かるわけだが、はっきりいって保証がない。ネコビトのことだ。ピザの味に興奮して有頂天、いきおいあまって発砲する確率のほうがはるかに高そうだ。ならば選択の余地はない。ここはひとつ勝負に出よう。店長の身内に代々受け継がれてきたケチャップ色の血が熱く駆けめぐるのをかんじた。

「あいにくこのまま渡すわけにはいかないんだ」

店長はつとめて落ち着きはらった調子でネコビトにいった。

「早く食べたいなあ」

「気持ちはわかるさ。だがね。プロとしてこんなピザをお客様に差しあげるわけにはいかない。すっかり冷めてしまったからね。冷めたピザほど冒瀆《ぼうとく》的なものはないよ。いにしえのピザの王が怒髪天をついてよみがえり、この町に天変地異をもたらすにちがいない。そうなれば町は壊滅。きみはもう二度とピザを食べられないし、アンラクギョだってこの世から絶滅してしまうだろうね」

「ああ。それはいやだなあ」

ネコビトはうろたえ、目に涙をためた。大きな体をふるわせている。こんな話に騙《だま》されるなんて子どもみたいだと店長はおもった。

「だが、きみは運がいい。さいわいなことに、わたしはピザの専門家だ。頭のてっぺんから爪先《つまさき》までピザでできているようなものだ。チェダーとゴーダとモッツァレラ、それにパルミジャーノにカマンベールの御加護がある。もちろんゴルゴンゾーラもさ。安心なさい。きみに最高のアンラクギョピザを届けよう」

「あんた、なにをいってるんだ？」

と訝《いぶか》る助役に、

「キッチンを貸してください。このピザをおいしく調理し直してきます」

といって店長は目で合図を送った。助役はその意味に気づいたらしい。

「うむ。それもそうだな。キッチンは一階のいちばん奥にある。ここからいちばん遠い場所だ。そこまで行くにはたくさんの部屋を通りすぎなければならん。いろんな部屋があるだろう。部屋にはいろんな物が置いてある。キッチンへ行けば、そこにだっていろんな器具がおかれている。調理をするにも調理以外のことをするにも事欠かんだろう。わしのいってる意味がわかるな。くれぐれもよろしく頼むぞ」

「まかせてください」

店長がピザを抱えてバルコニーから部屋に引き返そうとすると、ネコビトがいった。

「電話を置いていくんだなあ」

ネコビトはもううろたえてはいなかったし、にやにやしてもいなかった。猟銃の先端が店長の背中を追いかけてきていた。

「ああ。もちろんだ。そうしようじゃないか。調理に電話は必要ないからね」

といって店長は平静をよそおい、ポケットから取りだした携帯電話をテーブルのうえに置いた。財布も置いていくようにいわれたのでおとなしくいうことをきいた。最終的にはポケットにある物を全部テーブルにならべていた。

「服を脱ぐんだなあ」

ネコビトはいった。

「裸は勘弁してくれよ」

店長は眉をハの字にした。

「こっちはなにも着ていないいんだなあ」

たしかにそのとおりだった。ネコビトたちはみな、なにも着ていない。いわれてみれば、かれらは裸で夜の郊外をうろつきまわっているのだ。それでなんの違和感もなかった。それが自然なことにおもえた。店長がためらっていると、

「じゃなきゃ不公平だなあ」

と追い打ちをかけるようにネコビトはにらんだ。不公平というのとはどうもちがうような気がしたのだが、うまく反論できなかった。しぶしぶ服を脱いでトランクス一枚になる。ネコビトはしばらくトランクスをじっと見つめていたが、それ以上は要求しなかった。ピザを持ったまま逃げることを心配していたのだろう。こんなかっこうで夜道を歩いている人間がいないのは、かれらだって経験的に知っていたにちがいない。意外と抜け目のないやつだと店長はおもった。

＊

店長はトランクス姿で邸宅の廊下をうろうろしていた。手にはピザの箱を大事そうに抱えている。助役の家族にみつかったら、なんて言い訳をすればいいのか。うっかり出くわさないよう祈るばかりだ。店長はこそ泥みたいに忍び足になった。

ようやくのことで一階のキッチンにたどりついた。たしかに助役のいうとおり、バルコニーからいちばん遠い場所だった。ほっとため息をつく。入り口の壁に背をもたれ、しばらく呼吸を落ちつかせた。家族とすれちがわなくてよかった。

さっそく調理をはじめるかと気を取りなおす。が、すぐに額をたたいた。べつにあのネコビトに極上のピザをふるまってやるためにここへ来たのではない。武器を取りにきたのだ。ネコビトに立ち向かうために。具体的には刃渡りの長い包丁だ。逃げるつもりなどさらさらなかった。逃げれば金は手に入らない。それに万が一あとから逃げたことが助役に知れたら、店はおしまいだ。あの性格の悪さだ。自分がこれまでさんざんアンラクギョを食べてきたことなど棚にあげて、どんな汚い手段を使ってでもベロシティピザを閉店に追いこもうとするにちがいなかった。

だが店長にはためらいがあった。いくらなんでも包丁というのは考えものだ。たとえ相手が人間でなくても、鋭い刃物を突きたてるということに抵抗があった。ネコビトが人間の形をしているからではない。大きさが人間ほどあるからでもない。相手がネコビトではなくて、ふつうの猫であっても同じだ。刺すのは抵抗がある。想像しただけで足がふるえる。刺したら血が出るのだ。真っ赤な血が。返り血なんて浴びたら気絶してしまいそうだった。

そこでおもいついたのがフライパンだった。それなら鈍器的なかんじがして、いくらか穏健だ。全力でたたきつけても、せいぜい気を失うだけ。死にやしないだろう。気絶したところをロープで縛りあげてやればいい。われながらいいアイデアだと満足して店長はキッチンのなかへ足をふみいれた。

キッチンに入るなり、店長は叫び声をあげた。助役の家族たちの死体が転がっていたのだ。刺されたのか殴られたのかは知らないが、みんな白いシャツを血まみれにして死んでいた。店長が知ってるかぎり家族全員だ。奥さんはもちろん、まだ若かったり幼かったりする息子や娘たちまで。静かに目を閉じて。青ざめた表情でぴくりともしない。

「なんてこった――」

警察を呼ぼう。アンラクギョがどうなどといっている場合ではない。キッチンの壁に掛かっている受話器を取った。だが、つながらない。発信音がきこえなかった。裏側のコードをたぐり寄せてみると途中で切られていた。きっとネコビトのしわざだ。廊下を出てほかの部屋をあたったが、どの電話も同じ。通じなかった。

息を切らせて玄関へ駆けこんだ。ノブを回したがドアはあかない。自動で鍵《かぎ》がかけられていた。裏口もだめ。窓も同じだ。

おもいきって椅子を廊下のガラス窓にたたきつけた。ガラスはかすかに振動しただけで、びくともしない。椅子の脚を握りしめていた手がびりびり痺れただけだ。テーブルを持ちあげて窓に投げつけてみたが、これもだめ。バットもだめ、ゴルフクラブもだめ。頑丈なガラスだった。

「これだから金持ちの家は嫌いなんだ」

店長は涙声で独りごちた。窓の下にへたりこみ呆然《ぼうぜん》となる。無力感に襲われた。トランクス一枚でなにをやっているのかという悲しみもあった。投げかけられるランプの光が視界ににじんだ。虫が鳴いているのもきこえなかった。しばらくそのままうごけなかった。どのくらい時間がたったろうか。店長はそっと顔をあげた。どこか遠く一点を見つめたまなざし。店長は店のことをおもった。自分の息子のことをおもった。静かにまばたきをする。やがてゆっくりと立ちあがった。その顔には決意のような表情が浮かんでいた。

キッチンへもどり、ピザをレンジで温め直した。家族の死体から視線をそむけて作業した。幅広の包丁を取り出し、切っ先から刃元までじっくりと確認する。刀身に映る自分の顔にしばらく目を落とす。顔をあげると暗い窓ガラスに自分の姿がくっきりと反射していた。腹がたるんでいるのは気にならなかった。店長はひとりでなにかつぶやいてから、包丁をピザの箱で隠すように握りしめ、部屋を出て行った。

＊

いきおいこんでバルコニーへ飛び出すと、騒動がおきていた。ネコビトとネコビトがもみあっていたのだ。一匹は助役の猟銃をかまえた強盗殺人犯。もう一匹は山道で出くわしたあのネコビトだった。観葉植物の鉢植えがたおれてころがり、そこらじゅうに土がぶちまけられている。助役はあいかわらず椅子に縛りつけられたまま、苦々しい顔でそれを見ていた。

「遅かったじゃないか。いったいどこをうろついていたんだ」

「なにがあったんです？」

店長はテーブルの横に立ち、助役にたずねた。

「あの小さいやつがバルコニーの下から飛びこんできたんだ。非常用のはしごでも伝ってきたんだろ。連中はすばしこいからな」

「なにをもめてるんですかね」

「アンラクギョを独り占めにしたいらしい。気持ちはわからなくもないがな」

体格が大きいうえに猟銃をもっている強盗ネコビトのほうがあきらかに有利におも

えたが、実際はそうでもないらしい。小柄なネコビトのほうは銃のあるなしなどまったく意に介していないようすだった。器用な身のこなしでくねくねとふところに入りこんでくるので、強盗ネコビトはおもうように銃口を向けられないでいた。そうして、あはは。あはは。あははははと笑っているのか泣いているのかわからない声で威嚇してくるので、大柄なほうは半分泣き顔になっていた。なんだかしまりのない戦いだ。大ネコビトがほとんどやぶれかぶれになって銃の台尻で殴りつけようとする。小ネコビトはするりとすりぬけ車の窓でもふくような手つきで両手を回転させる。ピザを作らせたら上手そうな手つきだと店長はおもった。うちに雇い入れようか。いやだめだ。だれがネコビトの作った料理など食べたがるものか。

「警察には連絡したんだろうな?」

助役がたずねた。

「いえ。それができませんでした」

店長は手短に状況を説明した。動揺させたくなかったので家族のことはいわないでおいた。

「服ぐらい着てくれればよかったろうに」

「勝手に借りていいのかわからなかったもので」

ほんとうは動転していて気が回らなかったのだ。トランクス姿で温かいピザの箱をもっているのが急に恥ずかしくかんじられた。

「おい、いつまでわしを椅子に縛りつけておくつもりだ?」

といわれ、助役を解放する好機だということにおもいあたった。店長はピザの箱をテーブルに置き、手こずりながら包丁で縄を切った。助役は解かれた手足をさすり、ほっとため息をもらす。助けてあげたからには約束の金がほしいと店長はおもった。

「逃げるまえに代金をいただけます?」

「もちろんだ。わしはぜったいに約束を守る男だからな」

店長の顔がにわかにあかるくなった。その直後、猟銃の発砲音が鳴った。銃声は夜のしじまに響き渡った。まぢかできいたせいか、店長は耳がほわんとした。助役があおむけにひっくりかえる。音のせいではない。腹のまんなかを撃たれたのだ。

驚いた顔のネコビトが猟銃を抱えたまま走り寄ってきた。もう一匹の小柄なネコビトもついてくる。そしてピザの箱に気づくと、たまらないような笑顔を見せた。大きいほうのネコビトは、ピザと銃を交互に見くらべると、

「弾切れだなあ」

といってその銃を店長に渡した。あたりまえのように差し出されたのでふつうに受

けとってしまった。猟銃は火薬のにおいがした。助役はたおれたままおきあがらない。うめき声もない。息もしていない。口から血を吐いている。ネコビトたちはもうアンラクギョのピザのことしか頭にないようすだった。死んだ助役のことなどそっちのけでピザの箱を開けようとしていた。

　そのとき、ゆっくりと地面を揺るがすような音が遠くから響いてきた。船が海流に呑《の》みこまれる音のようにもきこえた。音は空をおおいつくして、どちらの方角からきこえてくるのか定かではない。店長は顔をあげた。森に囲まれた湖と対岸の工場の灯り。ふいに平衡感覚がおかしくなった。転がった観葉植物の鉢が小刻みにふるえてぶつかりあう。腰のうえでねじれていた助役の腕が床に落ち、手のひらがあおむけになる。逃げたほうがいいのではないかという予感に襲われたが、どちらへ足を踏み出したものか見当がつかない。ネコビトたちはアンラクギョのピザを両手に持ちながら耳をふせ、まるまると見ひらかれた瞳孔を夜の向こうに投げかける。店長もつられてそちらを見た。

　さっきまで暗い夜空を鏡のように反射させていた湖面が、すり鉢状に渦を巻いて泡立っていた。その渦のまんなかから首長竜のようなものが顔をつきだした。首長竜はいっぺんに首をのばし、雲と煙に嚙みつかんばかりに空に立ちのぼった。すぐに頭は向きを変え、ホームランボールのような放物線を描いてバルコニーに近づいてくる。店長にはそれが近づいているのか遠ざかっているのか判別がつかなかった。自分たちとは大きさのスケールがちがいすぎていて遠近感が把握できない。あっけにとられて立ちつくしているうちに、頭はみるみる大きくなった。口がぱっかりとひらかれる。泥のにおいがあたりに放散した。バルコニーの照明を浴び、その表情が浮かびあがる。波打つ牙。濁った目。涙のような縦筋模様。頭の両脇にある不格好な鰭は翼のように広げられていた。店長は気づいた。毎日毎日よく見ている顔。アンラクギョだ。長いのは首ではなくて尻尾なのだ。

巨大アンラクギョは店長の目の前でネコビトたちを丸呑みした。ネコビトたちは声をあげる間もなかった。それから頭の両脇に生えた翼でバルコニーの床を強打し、後ろ向きに跳ねた。そうして身をひるがえすようにして湖に帰っていった。

店長は一歩もうごけなかった。詰まった便器のような音がおさまると、あたりは静けさを取りもどした。森も湖ももとのままだ。ただ自分の立っているバルコニーだけが、そっくりそのまま下の階にめりこんでいるのに気づいた。

店長はあおむけになって死んでいる助役のそばに腰をおろす。猟銃を肩にのせ、ひっそりとした湖をながめた。森や庭で虫たちの鳴いている声がきこえていた。湖面が工場の灯りをきらきらと映し出している。夜風が肌寒かった。この巨大なアンラクギョも事故以来発生した突然変異なのだろうか。それとも湖底に潜んでいたかれらの親玉か。きっと猟銃の音に反応したのだ。助役の死体に家族たちの死体。金も入らず店も破産だ。もうどうすればいいのかさっぱりわからない。

「おしまいだ……」

店長の口からため息がもれた。湖には霧がかかりはじめていた。店長は座ったまま立ちあがることができなかった。

貝殻プールでまちあわせ

おもいのほか広い別荘でおれはゆううつになった。車で門をくぐり、ゆるやかなカーブを走ること数分。ようやく屋敷の玄関がヘッドライトに浮かびあがる。一週間かけてここをきれいにしなければいけなかった。もう夜も遅い。長距離の運転でつかれていた。清掃用具を車から降ろすのは明日にした。冷蔵庫にビールをみつけ、ソファに横になった。窓からの風でカーテンがゆれている。海が近く、たえず波の音がきこえていた。

ここへ来たのは社長の指示だ。かれの遠い親戚《しんせき》から会社に掃除の依頼があった。依頼人は画家だった。何年かまえにこの別荘を買ったところ、突然着想がわいて画家になったのだという。描くのはボッティチェリ『ヴィーナスの誕生』のまね。大きな貝殻のうえで裸の女がポーズをとっているやつだ。だがそこにのっているのはヴィーナスではなく、刺青《いれずみ》の男やふんどしの男など。どれもほぼ裸で胸と股間《こかん》をおさえていた。

どこがいいのかよくわからない趣味だった。

この部屋にも見あげるほど大きな絵が壁にかかっていた。貝にのっているのはサムライだ。例のポーズでいかめしい顔をしている。裸だが刀をさげているからやはりサムライだろう。有名な武士なのかもしれないが、だれだかわからなかった。もしかしたら武士ではなく、きどった博打打《ばくち》ちかもしれない。

依頼人にとってこの別荘は特別な場所なのだそうだ。インスピレーションの源だと本人がいっているらしい。ここぞという取引のときには、きまってこの場所を使うのだ。その取引が一週間後にせまっていた。

今朝、出社してすぐ社長に呼ばれたときからあまりいい予感はしなかった。

「予定があいているのはきみだけだね」

社長はスケジュール表に目を落としていった。

「社長もあいてますよね」

うっかりいってしまったがいつものことだ。

「事務所を一週間もあけるわけにはいかないよ。わたしがいないと会社が立ち行かないだろ？」

「そうですかね」

「それにひどいけがをしてしまってね」

社長は薬指にまいた絆創膏《ばんそうこう》を見せた。

「かすり傷じゃないですか」

「やわな男だったらとっくに気絶しているところだよ」

と顔をゆがめた。腹がいすからはみだしている。

「一週間は長くないですか」

「作業手順書を作るのにこないだ下見してきたんだけどね、ちょっと遠いんだ。敷地も広いからそれなりに時間がかかる」

「もっと大きな会社に頼めばいいのに」

「身内なんだからしかたないだろ」

社長はため息をつき、わたしだってかかわりたくないんだとひとりごとのようにいった。おれはその言葉を軽くききながしてしまった。依頼人の画家が元マフィアだと知ったのは会社を出てからずっとあとのことだ。潮のにおいもまぢかになった夕暮れごろに電話で告げられた。

ここへはあちこち道に迷いながらたどりついた。また何時間も運転して来た道を引き返すのはおっくうだった。だいたい〝元マフィア〟ってなんだ。そういうのって会社みたいに簡単に辞められるものなのか。なんだか不安だ。とはいえべつに依頼人と直接顔をあわせるわけではないのだ。遠くはなれた海辺の町でひとりきままに作業できるのはわるくない。しかしあとからトラブルに巻きこまれやしないだろうか。だが仕事さえしくじらなければべつに問題はないはずだ——。考えがあれこれゆれうごきおちつかなかった。

それでもつかれていたせいかよく眠れた。ただ奇妙な音で夜中に目がさめたのをおぼえている。耳鳴りみたいな音だ。波の音だろうかとおもった。それとも船だろうか。遠い汽笛の音かもしれなかったし、灯台がぐるぐるまわる音だったかもしれない。機械の音のようでもあり、自然の音のようでもあった。あるいはその中間か。そんなものが存在するとしての話だが。それが通奏低音のように持続してきこえていた。だがわざわざおきあがる気にもなれず、そのままおれは眠りの世界にもどっていった。夢は見なかった。

＊

翌朝、作業手順書を片手に屋敷のなかを見てまわった。絵があちこちに飾られてあった。ざっと各部屋の確認を終え、中庭へ向かう。中庭のプールはとくに念入りに掃除をするよう備考欄に書きこまれていた。きっとプールサイドで取引でもするのだろう。

戸口のまえでおれは足をとめた。プールは巨大な貝殻の形をしていた。巻き貝ではなく二枚貝のほう。ちょうどあの絵のヴィーナスがのっているのと同じ形だった。インスピレーションもなにもそのままじゃないか。貝殻形のプールを見て貝殻の絵を描いたのだから。

ばかばかしいとおもったが、それならここが依頼人にとって特別な場所だというのもなっとくだ。あるいは貝殻の絵を描きはじめたのが先で、プールはあとから作ったという可能性もある。だがそれにしてはプールはずいぶん古びていた。ほとんど博物館級の古さ。屋敷のほうが新しく見えるくらいだ。建物の改築よりも、プールを改装するほうが手間がかかるものなのかもしれない。

まわりには石造りのベンチがいくつかならんでいた。正面には幾何学的な波形をした飛び込み台が突き出ている。飛び込み台にしてはちょっと低いし短いかんじがした。

プールに茶色いゴミ袋が浮いていた。風で飛ばされてきたのだろう。しかし波にゆられているふうでもなく、うごきが不自然だった。見ているとゴミがくるりとさかさまに回転した。なめらかなうごきのそれは、ゴミ袋ではなくラッコだった。あおむけでゆうゆうと泳いでいる。

なぜこんなところにラッコがいるのか。ラッコというのは北の海に生息しているものではないのか。迷子になって流されてきたのだろうか。それとも近くの水族館から逃げてきたか、だれかが捨てていったか。理由はいくらでも考えられる。だが問題は、ここにラッコがいるということだ。大事なプールにラッコが棲《す》みついていると依頼人に知れたら、ただではすみそうにない。

追いはらわなければとおもったが、すぐに考えなおした。もしかしたらペットかもしれない。依頼人がここで飼っているのかも。その可能性がないとはいえない。元マフィアの画家ということしか、おれは知らないのだ。

ラッコが水面で回転するたびにふしぎな音がした。プールの水がかきまわされる音のようだ。昨夜きこえた奇妙な音の正体はこれだったのか。あるいはラッコの鳴き声か、などと考えながらおれは電話で事務所に報告をした。社長の返事はにべもなかった。

「いまいそがしいんだ」

「ラッコ、飼ってるんですかね？」

「下見したときはいなかったぞ」

「親戚ならなにか知ってるかとおもったんですけど」

「疎遠《そえん》なんだよ。理由はわかるだろ。わるいが直接きいてみてくれ」

といって社長は電話を切った。

依頼人の電話番号は手順書に記載されてある。電話をするのは気がすすまなかった。だがペットかどうかを確かめておかないと、あとでまずいことになる。おそるおそる番号を押すとすぐにつながった。

「ラッコは好きですか?」

とうとつな質問になってしまった。

「なんだって?」

「ラッコです。動物の」

不自然な間があった。

「わたしがラッコぎらいなことは知っているだろ?」

そんなこと知るわけないだろとおもった。と同時に、プールにラッコがいたなんていわなくてよかったとおもった。依頼人はすでにいらいらしているらしく、おれはなんと説明したものかいいよどんでいた。

「いったいなんの話をしているんだ？」

「えっと、アンケートです。うちの社のキャラクターにどうかなという話がありまして」

うまくとりつくろったつもりだが相手にされなかった。

「これまでにない巨額の取引なんだ。サムライのヴィーナスを客がいたく気に入ってくれてな。隅から隅までぴかぴかにしてくれ。ちりひとつ残すなよ」

ええ、まかせてくださいなどと返事も終わらないうちに電話は切れた。ともあれラッコぎらいというのならやることは決まりだ。おれはプールに引き返し、ラッコを追い出すことにした。

だがことはそう簡単にすすまなかった。だいいち捕まえるにはプールに入らなければいけない。もちろん水着など持ってきていない。いっそ水を抜いてしまおうかと考えたが、古いプールのせいか排水栓がどこにあるのかさっぱりわからなかった。それにおもっていたよりもラッコはでかい。中型犬ぐらいだろうと想像していたのだが、近くで見る実物はどう見積もっても大型犬だ。一メートルはよゆうである。重さだって三十キロ以上はあるのではないか。かなりどっしりとしていた。それがくるくる泳ぐのだからやっかいだ。

シャツも髪も水浸しにしながら手をのばし、ようやく捕まえたとおもったら噛《か》まれた。おれは悲鳴をあげて水のなかにひっくり返った。左手にじわりとした熱をかんじた。血が流れ出ていた。なんて凶暴なんだ。威嚇《いかく》的にあけた赤い口から鋭い牙《きば》がのぞいている。手の傷をおさえ、おれはプールのなかをあとずさりした。

「わるかったよ。べつになにかしようってわけじゃなかったんだ」

なだめるような調子でいうと、ラッコが突然人間に姿を変えた。それもおれの知っている人間だった。うちの社長だ。あまりのことに目をうたがった。ゆっくり変形していったわけでもないし、なにかいかにもそれらしい光を放ったり、音が鳴ったり、もくもく煙に包まれたりしたわけでもない。まばたきする間もなく一瞬で切り替わったのだ。

「魚介類が食べたいな。できればホタテがいい」

社長がいった。腹のたるんだ中年男があおむけで水に浮かんでいる。服は着ていない。おれは自分のあたまがおかしくなってしまったのかとあせった。それとも牙に毒があって、それでこんな幻覚を見ているのだろうか。考えがまとまらず、あっけにとられていると、

「ここはきみの家だったのか。すまないがしばらくいさせてくれよ。まちあわせをし

てるんだ」

　ラッコらしいあおむけの体勢のまま、目だけをこちらに向けて社長はいった。おれは困惑して言葉をうしなっていた。すると社長は一瞬にしてラッコの姿にもどった。

「なんなんだ？」

　と口走るとすぐまた社長になる。

「話があるのかないのか、どっちかに決めてくれるとありがたいんだけどね？」

「ああ、話すよ。話す」

　といっておれはせきばらいをした。社長はあおむけであごをかたむけ先をうながした。どこからどう見ても社長だった。

「どうなってるんだ」

　おれがひとりごとのようにいうと、

「これかい。人間とコミュニケーションをとるときは人間の姿になるんだ。話しかけられたときも半自動的にそうなる。こないだここへ来た人間の形をまねてみたんだよ。なかなかのもんだろ？」

　きっと作業手順書を作成しに来た社長を見かけたのだろう。つまり目の前の男はほんものの社長ではなく、ラッコが変身した姿ということのようだ。どうしたらそんな

ことができるのかはわからないが。しかしプールのラッコに気づかなかったなんて、
社長はほんとうにいいかげんな人だ。

「それに人間の姿で話しかければ、きみたちを驚かせることもないだろ」

「いや、驚くけど……」

最初から人間の姿であらわれたのなら驚かない（裸ではまずいが）。だが目の前でラッコが人間の姿に変身して話しはじめたら、だれだって驚くに決まっている。

「きみはわたしを捕まえようとしてたね？」

「海にでも帰そうとおもっただけだよ。ここにいられては困るから」

「少しのあいださ。あと十日ぐらいかな」

「もっと早く出ていってもらえないかい？」

でないと大事な取引の最中に社長がぷかぷかプールに浮いているというわけのわからない状況になる。いくら親戚でも裸であおむけになっていられたら迷惑だろう。まあそれなら社長のあたまがどうかしてしまったとおもわれるだけか。だけどラッコの姿で浮かんでいたら、やはり依頼人は激怒するだろう。

社長はあおむけのまま思案するように手をあごにそえた。

「そうだな。ホタテをくれたらすぐにでも出ていくよ」

「ホタテ？」

「ああ、新鮮な活《い》きホタテがいい」

社長はにこやかな笑みを浮かべ、脇《わき》の下から頑丈そうな石を取り出して見せた。貝をわって食べるのに使うやつだ。どうも選択の余地はなさそうだった。

＊

ネットで調べたら、すぐ近くにホタテをあつかっている業者がみつかった。さすが海辺の町だ。歩いて行ってみると通りのつきあたりにぼろ小屋がある。

小屋の戸をノックすると大きな包丁をもった大男が顔を出した。なかはコンクリートのたたきで涼しい作業場になっていた。男はまったく笑顔を見せなかった。睡眠不足で何年も眠っていないみたいな顔つきだ。まばたきひとつしないのがなんだか不気味だったが、ホタテはどれも新鮮なものばかり。養殖から販売まですべてひとりでやっているらしい。

「おれは自分しか信用しねえたちなんだ」

ホタテ売りはこちらをにらみつけていった。けっこう値段が張りそうだった。手持ちの金によゆうがない。おれは携帯電話が鳴ったふりをしていったん外へ出た。いそいで社長に電話をかけた。もちろんほんものの社長だ。

「ホタテって経費になります？」

「そんなものが経費になるわけないだろ」

「でもラッコにいわれたんです。ラッコが社長に変身して、ホタテをくれないかぎりはプールから出ていかないって」

電話の向こうがしずかになった。もしかして通話が切れたかなと画面に目を落とすと、

「きみの冗談につきあってるひまはないんだよね……」

と社長の声が返ってきた。無理もない。冷静に考えればこんな話、だれが信じるものか。おれはあきらめて小屋のなかに引き返した。

「つけはききますか？」

意外とすんなり了承してくれた。おまけにそんなに高くなかった。流通の手間がからないぶん格安で販売しているみたいだ。おれはホタテ売りに礼をいった。

「その手はどうした？」

包帯巻きになった左手を見てホタテ売りはいった。とっさにおれは嘘《うそ》をついた。

「切れない包丁で手がすべったんです」

「気をつけるんだな」

といってかれはホタテをさばくこつを教えてくれた。案外いい人なのかもしれない。

＊

バケツからホタテをプールにあけるとラッコは水中に潜った。ホタテをつかんで浮上し、ごきげんな顔であおむけになる。腹にはさっきの石がのっていた。嬉々《きき》とした調子で貝をわり、中身をじょうずにたいらげる。すぐにくるりと回転し、プールの底から新しいホタテを捕ってきた。そうしてまた腹にのせた石に打ちつけて叩《たた》きわるのだ。

「器用だな」

といったとたんにラッコは社長になり、腹から石がすべりおちた。ふりあげたホタテが全力で腹に叩きつけられる。社長はうめき声をもらした。表情が一瞬にして曇った。バランスを崩すようにして沈んでいく。おれは心配になりプールサイドに立ってのぞきこんだ。しばらくして浮かびあがってくると、

「食事中は話しかけないでくれるかな?」

と社長はうつろな目をしておれをにらんだ。

「ごめん。じゃあ食べ終わったら出ていってくれよ」

「まだだめだ」

「食べ終わってからでいいよ」

「いや、まだしばらくいさせてもらいたい。大事なまちあわせがあるんだ」

「おい、それじゃ約束がちがうじゃないか」

おれは右手をのばして社長からホタテを奪い取ろうとした。だがいとも簡単に腕をねじあげられ、その手をかじられた。姿は社長のままだったが、それでも痛かった。てかげんというものを知らないらしい。血がしずくになって水面にしたたり落ちた。

おれはゆううつな声でいった。

「一週間でここをきれいにしないといけないんだ。頼むからそれまでには出ていってくれないかな」

「きみはわたしが汚いやつだといいたいのかい?」

「プールにラッコや裸の社長が浮かんでいたら不自然なんだよ……」

社長は少し考えこみ、

「一週間か。なんとか手を打ってみるとしよう」

おれは両手とも包帯巻きになってしまった。

＊

取引が明後日《あさって》にせまっていた。

両手の包帯は取れず、作業はおもうように捗《はかど》らなかった。プールの排水栓はいまだみつからない。夜中の奇妙な音はずっとつづいていて、どうもラッコのたてる音とはちがうようすだった。ネズミでもひそんでいるのかと懐中電灯で屋根裏を調べてみたが、生き物のいる気配はない。食べかすや糞《ふん》なんかも見あたらなかった。

その日、門からのやけに長いアプローチの清掃でくたびれ、たおれこむように部屋にもどると、ラッコが壁にかかったサムライの絵にかじりついていた。

「なにしてるんだ！」

声をあげると、ラッコはたちまち社長になった。貝のうえにのった裸のサムライが描かれた絵にかじりつく裸の社長という謎《なぞ》の光景に、おれはめまいをおこしそうになった。

「すまない。腹がへっていたのでね」

　ちぎれた画布を口からのぞかせたまま、社長はあやまった。サムライの足もとにぽっかりと暗い穴があいていた。まるで絵のなかに突如発生したブラックホールみたいだった。

「すまないじゃすまないだろ……」

　おれは床にへたりこんだ。穴をごまかす方法はないだろうか。とっさにそんなことを考えたが、なにもいい案がおもいうかばない。

「ずいぶん大きいホタテだな」

　絵を見あげて社長がのどを鳴らす。

「それすごく大事な絵なんだぞ」

　ひとりごとのようにおれはつぶやいた。

「あまりおいしくなかった。べつのを試してみるよ」

「待ってくれ――」

　社長がふりかえる。

「買ってくるから。ホタテがほしいんだろ。だから絵はかじるな」

「どういう意味だ？」

かれはふしぎな顔をした。こっちがおかしなことでもいったみたいだった。

「それは絵だ。絵はほんものじゃない。食べられないんだ」

なぜこんなあたりまえのことを説明しなければいけないのか。やはりラッコの目と人間の目にうつる世界はずいぶんちがうらしい。社長は舌なめずりをしながら壁の絵をながめた。すぐに買ってくるからプールでおとなしくしてくれといい、おれはいそいでホタテ売りの小屋へ向かった。

＊

ノックをしても返事がなかった。あけはなたれた戸口からなかをのぞく。薄暗がりに目が慣れてくると、コンクリートのたたきからのびた立水栓の下にホタテの入ったバケツがあるのに気づいた。

再度声をかけたが、ホタテ売りの男が姿をあらわすようすはない。早くホタテを持って帰らないと家じゅうの絵がかじられてしまうのではないかと気が気でなかった。

悠長に待ってはいられない。代金はあとで支払うことにしよう。

おれはバケツに手をのばした。包帯巻きの手では両手を使わないと屋敷まで運べない。しゃがみこみバケツを抱きかかえるようにして持ちあげた。家にもどろうとふりかえるとあの大柄なホタテ売りのシルエットが戸口を塞《ふさ》いでいて、おもわずバケツを取り落としそうになった。

「あ、これください」

反射的にいって笑みを浮かべたが、笑みに見えたかどうかあやしい。ホタテ売りはあいかわらず無表情でまばたきをせず、手には包丁をぶらさげていた。こちらがぎょっとしていると、

「いつなにをさばく必要があるかわからないからな」

ときいてもいないのにこたえた。このところおかしな連中がうろついていやがる。みつけたら容赦しないつもりだとかれは低い声でつぶやいた。おれはバケツをおろしたものかどうか迷った。

「そいつはどうした?」

ときかれ胸がどきりとした。だがどうやらバケツではなく、両手の包帯のことをいっているらしかった。また手をすべらせてしまったとこたえたが、怪訝《けげん》な顔をされた。とにかくホタテを売ってほしいと頼むと、男はだまって伝票を書いた。つけだということはいわなくてもわかっているようだ。

横から伝票をのぞきこむとホタテの値段が大幅につりあげられていた。しかもこないだのつけに利子までついている。おれはそれとなくきいた。

「計算あってます?」

「特別につけにしてやってるんだ。感謝してもらいたいね」

「あ、ちょっと電話が」

おれはバケツを置いて外へ出た。すぐに会社に電話をした。だが社長は不在だった。同僚の話によると両脚を骨折して入院したらしい。なにがおきたのか知っている人はいない。ただおれに伝言があるという。「ラッコをわが社のキャラクターにするといったのは、もしかしてきみかい?」とのこと。

ありったけのホタテを買った。伝票には法外な値段が記入されていたが、そんなことを気にしている場合ではない。包帯巻きの両手でバケツを運ぶのはむずかしく、車に積んで通りを往復しなければならなかった。

ラッコは歓喜した。

「ぜんぶやるから、今日じゅうに出ていってくれよ」

つかれがたまっていたらしい。翌日、目がさめたときには午後になっていた。別荘に来てちょうど一週間がたつ。仕事の期日だ。

＊

「出ていってくれただろうな――」

からっぽのプールを期待して中庭へ出ると、七人の社長があおむけに泳いでいた。七人そろって笑顔でおれにあいさつをする。尋常でない光景にあたまがくらくらした。ホタテのやりすぎで増殖したのか。それともホタテがあるといううわさをきいて集まってきたのか。どんよりとした気分になったがすぐにおもいあたった。まちあわせか。みんながここに来るのを待っていたのだな。

これでやっと出ていってくれそうだ。なにはともあれぎりぎりまにあった。おれはほっと胸をなでおろした。

「今夜だ」

社長のひとりがいった。

「今夜？」

ききかえしたが、どの社長がいったのかはっきりとしない。見た目がみんないっしょだ。とはいえラッコの姿であってもやはり区別をするのは簡単ではないだろう。どれが最初にいたラッコか当てる自信はない。

「ねえ、きみ。ホタテを追加してくれよ」

「ふざけるなよ」

おれはつい怒鳴ったものの、七人の社長に立ち向かうのは無理だ。

「これで最後さ。みんなそろったし。もう時間だからね」

声の調子がいつもとちがっていて、直感的に嘘ではないようにおもえた。おれはプールサイドに腰をおろした。

「全員その姿ということは、みんな雄なのかい？」

好奇心できいた。

「われわれにそういった概念はないよ」

いや、ラッコにだって性別はあるだろ。

「じゃあみんな兄弟？　それとも七つ子？」

とたずね、動物の世界では七つ子も兄弟もおなじようなものかもという気もした。

だがラッコが一度にいくつ子を産むのか、おれは知らない。

「ちがうよ。ホタテだってどれもおなじように見えるけど、かならずしも兄弟というわけではないだろう?」

「たしかにそうだけど」

ホタテと社長を同列に語るのはどうなのだろうか。

社長がいい、おれはうなずいた。ホタテ売りの小屋へ行き、またありったけのホタテをつけで売ってもらった。値段は昨日よりもさらにつりあげられていた。半年分の給料でも足りないくらいだったが、どうするかはあとで考えることにした。車で何度も往復して時間がかかった。

「とにかくホタテでお別れパーティーと洒落込《しゃれこ》もうじゃないか」

プールにぶちまけられたホタテにラッコたちは歓声をあげた。貝をわっている最中に社長にならないよう、おれはしずかに見まもった。

ひとしきり食べて満足したのか、ラッコたちはおれをプールに誘った。おれは水に飛びこんだ。包帯なんてかまわなかった。ラッコと泳ぐ機会など、あとにもさきにもないだろう。ラッコたちに囲まれて泳ぐのはふしぎな気分だった。かれらはゆったりと背泳ぎをして、ときおり水中で旋回してくる。包帯巻きに衣服のおれはかれらほどうまく泳げず、生まれたばかりのラッコの子にでもなったようなここちがした。

「なぜわれわれはいつもあおむけなんだとおもう?」

ラッコが社長になっていった。

「そういう習性なんだろ」

てきとうにこたえる。

「問題はなぜそんな習性があるかだ」

禅問答か。おれは話をつづけたくなかった。会話をしているあいだは社長なのだ。七人の社長と泳ぐのはまるで気がすすまない。そのせいで大事なことをききのがしたのかもしれない。

＊

おれはプールサイドに寝そべりあおむけになった。夕日で空がオレンジ色に染まっていた。両手の包帯が水をふくんで重かった。

「そろそろだな」

といって社長たちがプールからあがってきた。おれは体をおこした。とうとう出ていくのだなとおもうと、なぜだか胸のあたりがひんやりとなった。だがかれらは飛び込み台に一列にならんだ。気が変わったのだろうかといぶかしんでいると、どこかから奇妙な音がきこえてくるのに気づいた。いつも夜中にきこえるあの音だ。天然のようだが人工的、機械的でありなおかつ自然な音。なんともあいまいで形容しがたい持続音だ。

音はだんだんと大きくなった。これまでにない大音量に頭蓋骨《ずがいこつ》がみしみし圧迫されるような感覚がした。だがその源がどこにあるのかわからない。全方位から音が鳴っているみたいだった。もしかしたら音がきこえているのは自分のあたまのなかだけであって、このままいけば最終的にはあたまが爆発して吹き飛んでしまうのではないかという不安にかられた。

おれは立ちあがった。しかしどこからきこえてくるのかわからない以上、どこへ逃げればいいのか見当もつかない。おれは包帯巻きの手で耳をふさいだ。

音が極限に達しようとしていたとき、空が大きな影でおおわれた。さっきまでなにもなかったのにあらわれた影。巨大なホタテだった。あの絵に描かれた貝よりもはるかに大きかった。こんなに大きなホタテは見たことがない。それが宙に浮いていた。だがどこかで見たおぼえがあるようなかんじがしなくもなかった。日は沈み、空と地面の境目に太陽のなごりがその色を強烈にとどめていた。

飛び込み台にならんだラッコたちを見て気がついた。プールだ。ちょうどこのプールとおなじぐらいの大きさだ。というかまさにぴったり。そうおもっているうちに空飛ぶ巨大ホタテはプールに着水した。風圧をかんじた。プールの水が洪水のようにあふれ、おれは足をすくわれた。あっけなくたおれ、体が回転した。石造りのベンチにつかまりなんとかおきあがる。

プールのくぼみに着陸したホタテが大きな口をあけた。なかからまぶしい光が放たれる。光のなかに人影のようなものが見えた。このホタテは乗り物らしい。飛行艇——いや、宇宙船だろうか。人間の世界のものではない。

人影に見えたのはラッコだった。ひらいたホタテにラッコがこちらを向いて立っていた。二本足で立ち、胸と股間のあたりに上品に手をそえていた。ん、ラッコのヴィーナスか？　とおれは首をかしげた。

「こいつを待ってたんだ」

飛び込み台の社長がいった。幾何学的な曲線の飛び込み台は、ちょうど乗り物のタラップのような役割を果たしていた。社長たちがおれに手をふり巨大ホタテに乗りこんでいく。

最後に残った社長が立ち止まりふりかえった。かれが最初にこのプールにいたラッコだとおれはおもった。

「きみには世話になった」

社長がいった。

「いいよ。気にするな」

もう二度と会うことはないだろうという予感がした。なにをいったものかまごついていると、社長はしばらく遠い空の向こうを見、目をしばたたかせて視線をもどした。

それから手をこちらへさしのべて、

「いっしょに来ないか。ホタテ係として」

じっとおれを見つめた。しばらくの沈黙があった。空には星がまたたいていた。あの奇妙な音は意識の背後におしやられていた。

「おれは——」ゆっくりと口をひらいた。「ホタテ係じゃない」

「いや。太陽系で最高のホタテ係だったよ」

「あのホタテはおれが養殖したわけじゃない。あれを養殖したのは通りのつきあたりの小屋に住んでる大柄な男だ」

社長は目をほそめ、小さく首をふった。

「知らなかったよ」

とため息をつき、かれはホタテに乗りこんだ。

ホタテ型の宇宙船が離陸した。またあの形容しがたい音があたりをおおった。そのまま飛び去っていくのかとおもいきや、通りの向こうで停止し、地上に向けてひとすじの光線を放った。光のなかをホタテ売りがさかさまにもがきながら上昇していき、宇宙船の内部に吸いこまれていくのが見えた。

光線が消え、ホタテ型宇宙船も非人間的な速度で空の向こうに姿を消した。例の音もきこえなくなった。ついでにいえばホタテ売りにしていた巨額の借金も消えた。

ラッコという生き物は、あれは宇宙から来た生命体なのだろうか。ずっと空からのむかえを待っていて、それでいつもあおむけになっているのだろうか。いや、そうとはかぎらない。あのラッコたちがふつうのラッコではなかったのかもしれない。そしてこのプールも、ほんとうはプールではなかったのかもしれない。宇宙船の発着所、さもなければはるか昔に着陸した痕跡《こんせき》でしかなかったのかも。それなら排水栓が見あたらないのも無理はない。

だがいずれにせよそんなこと、おれにわかるはずがなかった。

部屋に置いていた電話が鳴り、現実にひきもどされた。

「掃除は済ませただろうな?」

依頼人からだった。

「ええ、もちろんです」

びっしりとホタテの貝殻で埋めつくされたプールの底をながめながらこたえた。

「それをきいて安心したよ」

おれは電話を切った。一晩でかたづけられるだろうか。夜は暗くさびしかった。首尾よくかたづいたところで、かじられた絵をどうやって修復したらいいのかわからない。あんなブラックホールみたいな穴はどうしたって塞ぎようがなかった。ホタテ係としてラッコの惑星にでも行けばよかったかもしれない。とはいえおおぜいの社長に囲まれて一生を暮らすというのも想像しがたいものがあった。おれの耳に波の音が響いていつまでもはなれようとしなかった。

採って穫《と》って盗《と》りまくれ

わたしは熊《くま》だ。というのは嘘《うそ》だ。これはただの着ぐるみだ。熊のかっこうをしてトウモロコシをゆでているところだ。トウモロコシはうまい。主食っぽいしおかずもいらない。そしてなにより盗みやすい。白い湯気が立ちこめいい香りがしてきた。と、アパートのベルが鳴った。こんな夜中にめずらしい。大家のばあさんならもう眠っている時分なのだが。熊の着ぐるみを脱いでドアをあけると女が立っていた。色気のないサンダル履きの若い娘だ。外灯にちらつく羽虫がみょうに気になる。

「なにかご用ですか」

「あ、いいにおいがする」

「トウモロコシです」

「そういえば、おなかすいたな」

「ご用件はなんでしょう?」

「ああ、ちょっと相談があるんですけど」

知らない娘にいきなり相談を持ちかけられても困る。

「いま手がはなせないのでお引き取りください」

「話も聞かないんですか」

「なぜです？」

「だって探偵でしょ」

依頼なんてひさしぶりなのですっかり忘れていた。

「なにかお困りでしたか」

「泥棒を捕まえたいんです。あがっていい？」

「かまいませんが。学校でなにか盗まれたとかなら先生にでも相談したほうがよいのでは？」

「学校なんてとっくに卒業しましたけど」

「そうですか。失礼しました。ではどこでなにを盗まれたんですか」

「自宅、ていうか職場かな」

「どっちです？」

「両方。うち農家なんで。まあ手伝いしてるだけだけど」

「なるほど。それで盗まれたものは？」

「トウモロコシ」

冷や汗が出た。

「なぜそれをわたしに？」

「だってこのあたりで探偵やってる人なんてほかにいないじゃないですか」

それはたしかだ。探偵をやるにはあまりに田舎すぎるのだ。そもそものまちがいはそこにあった。ここでは探偵はきわめて希少な存在だ。事件の依頼はそれ以上に希少だが。

「収穫した作物を持っていかれたわけですか」

「ううん、畑になってるやつ。直接盗《と》られた」

「それなら盗まれたというより荒らされたといったほうが正確ですね。たとえばそう、熊なんかに」

「たぶんそうかなとはおもう」

「熊のしわざならしかたありませんね。季節もすぎればなにごともなかったかのようにおさまりますよ。そういうのは自然のなりゆきにまかせるのがいちばんですから」

「だけどへんなんですよ」

「なにがです?」

「その熊、二足歩行だったんです」

「はあ」

「夜中に熊が道路を立って走っていくのを見たってききました」

また冷や汗が出た。

「ずいぶん奇妙な話ですね。じつに興味深い。ですが里山になれた熊なら、自然と人間のまねをするようになったということも考えられるのではないでしょうか」

苦しい説明だった。

「そうかなあ」

「つまりその熊は盗んだトウモロコシを持っていたわけですよね。いいですか。考えてもみてください。熊が胸にトウモロコシを抱えていたら。手がふさがっているのですから四つ足で歩行するわけにはいきません。ならば必然的に後ろ足で立って歩くことになるのではないですか。サーカスでもそんな器用な熊はいますからね」

自分でいっていてどうも無理があるようにおもえた。しかもなかば犯行の自白みたいになってしまっていた。そもそもトウモロコシをきれいにもぎって持ち帰る熊もめずらしいとはおもうが。

「じゃあやっぱり役場とかに相談したほうがいいのかな。おじいちゃんはそんなもんあてになるかっていってたけど。それともこういうのって警察に相談するんですかね？」

「いや。それはやめておいたほうがよいでしょう」

とっさにこたえた。

「え、なんでですか？」

「それはつまり……」

依頼を引き受けることにした。警察に捜査をされたらわたしが犯人だというのがばれてしまう。それではわざわざ熊の着ぐるみ姿で畑に入った意味がない。動物のしわざなら警察沙汰《ざた》にならずにすむとおもったのだ。通報を阻止するにはわたしが調査に協力するほかなかった。

しかし台所にあったゆでたてのトウモロコシを追及されなくて助かった。今が旬《しゅん》だからべつに不自然ではなかったのだろう。クローゼットからはみ出た着ぐるみのしっぽに気づかれなかったのも運がよかったといえる。どこかまのぬけたかんじの娘だ。うまくごまかして泥棒捜しをあきらめさせるのはそう難しいことでもなさそうだ。

農場の入り口に「熊沢《くまざわ》農園」と看板があるのが月明かりで見えた。わたしは熊のかっこうで看板の文字を見あげていた。蛙《かえる》の群れが鳴いているのがきこえる。なにも問題はない。農作業の予定はすべて把握していた。調査の役に立てばいいけどといって、昨日の娘が従業員用の詳細な週間予定表を置いていってくれたのだ。

彼女は家族として手伝っているだけなのでたいして給料はもらっていない。こづかいが足りないので報酬は事件が解決してからにしてほしいといわれた。そもそもわたしは金もなく食べるに困って畑に入ったのだ。だがいずれにせよ選択肢はない。どんな条件であろうと受け入れるほかなかった。

とはいえ農場の予定が把握できていればこっちのものだ。これからは人のいないタイミングを見計らって侵入することができる。依頼を引き受けてよかったかもしれない。わたしにも運が向いてきたようだ。

月光を頼りにトウモロコシを吟味した。よく実のついたものを選んで採った。なくなったのが目立たないようにほどよく間隔をあけるのも忘れなかった。予定表にはごていねいにも夜の見回り時間まで記入されている。着ぐるみの腹にある小さな隠しポケットから携帯電話を取り出し時刻を確認した。見に来るものはだれもいない。わたしは踊るような足取りで丈の高いトウモロコシ畑をかきわけた。鼻唄《はなうた》を歌いながらきれいな実をもぎとる。愉快な収穫作業だった。

「劇団ハムスター」というネーミングセンスはいくら考えてもよくわからない。わかっているのは団長が大のハムスター好きということぐらいだ。わたしがこれまでに手がけた事件の依頼人でもある。逃げたペット探し。地味なうえにわりにあわない仕事だ。それもジャンガリアンハムスターを探してくれというのだから困った。ハムスターのなかでもとりわけ小さな部類だ。体長一〇センチ足らず。そんなものが見つかるわけがない。せめてモルモットぐらいの大きさにしてくれないかといいたかった。

だがわたしは見つけた。じつに簡単なことだった。写真と見比べてペットショップでそっくりのやつを買ってきたのだ。毛色は何パターンかある。だが同じタイプの個体ならどれも似たようなものだ。ゴールデンハムスターのようなちがいのわかりやすいまだら模様じゃなかったのがさいわいした。依頼人は疑うことなく再会をよろこんでくれた。それがわたしの手がけたゆいいつの仕事。つまりほんとうに解決したといえる事件はまだひとつもない。

悪いことに例の熊沢農園の娘が劇団を調べたいとやってきた。公民館に置いてある劇団のチラシを見たのだ。劇には熊や鹿《しか》、山猫やねずみなどがあたりまえのように出てきた。象やライオンが出てくるものもある。なかには狸《たぬき》と蜘蛛《くも》となめくじという奇妙で風変わりな組みあわせが登場する演目もあるらしい。いったいなんの芝居をやっているのかは知らない。

熊の着ぐるみはその団長から借りたものだった。潜入調査で必要だからと頼んだらこころよく貸してくれた。どこに潜入するとおもっているのだろうか。わたしは駅前のさびれた喫茶店で農園の娘が団長にあれこれ質問するのを黙ってきいていた。アイスコーヒーがうまい。店内は空調が効いていて心地よかった。娘はチラシにうつった熊の写真を指し示しながらいった。

「リアルな着ぐるみですよね」

「ええ、それがうちの劇団の売りですから」

「なんでこんなにリアルにするんですか。だってメルヘンの世界ですよね？」

「メルヒェンです」

「は？」

「メルヘンではなくてメルヒェン」

「なにがちがうの？」

「発音です」

なんだよめんどくさいなという顔で鼻を鳴らす娘。団長はつづけた。

「あえて動物たちのリアルを追求することで、よりメルヒエンの異化作用を強調するんですよ。そうすることによって、いかにもたわいないと捉《とら》えられがちなおとぎ話に深みを出して、清新な印象を観客に与えるのを狙《ねら》いとしているわけです」

娘は団長の話を軽くききながし、

「ちょっと興味があるんですけど」

「あ、入団してみます？」

「いやです。めんどくさそうだから」

ああそうと残念そうにうつむきあごひげをかく団長。

「熊って人気あります？」

「熊は人気も出番もかなりありますよ」

「着ぐるみはどこに置いてるんですか？」

「団員の自宅か貸倉庫です」

「熊はどっち？」

「えっと。いまは貸倉庫かな」

「それってだれでも入れるんですか？」

「鍵《かぎ》はわたしが管理してます」

「じゃあ団長の許可なしじゃ入れないってこと？」

「まあそうですね」

「ほんとにだれも倉庫に入れないの？　合い鍵があるとか。あやしい侵入者の形跡があったとかはない？」

「ないですねえ」

ふーんと娘は目を細めて団長をながめた。団長を疑っているのだろうか。つまりあの泥棒熊は熊の着ぐるみを着た人間なのではないかと察しをつけているのだ。なかなか核心をついた推理にわたしは動揺していた。だがあえて彼女を自由に泳がせておいた。自分の推理がまちがっていたと思い知らせてやるのだ。そうすることで落胆させてプロであるわたしへの信頼を高めるという作戦だ。

「熊の着ぐるみっていくつあるんですか？」

「みっつです。ひとつは貸し出し中ですけど」

娘は色めき立った。

「だれに貸してるんです？」

「だれっていうか、よその劇団です。うちみたいにリアルな着ぐるみを持っている劇団は少ないですから」

団長は鼻の頭をこすりながらちらちらとわたしの顔を見る。わたしは小さくうなずいた。潜入調査の件は極秘ということになっているのだ。さすがに劇団を率いているだけのことはあって演技はまずくない。

「よその劇団ってどこですか?」

「他県ですよ。三ヶ月に一回ぐらい巡業に来るんです」

「前に来たのはいつです?」

「二ヶ月ぐらい前ですね。次の予定は来月になります。ていうかそんなに熊が好きなんですか?」

彼女は質問を無視した。

「団長さんは先週の土曜日なにしてましたか。夜のことですけど」

「土曜の夜は稽古《けいこ》ですね」

「ひとりで?」

「もちろん団員たちといっしょです。稽古のあとは朝まで飲んでました」

「証拠あります?」

「仲間にきいてもらえれば。あ、写真もありますよ」
といって団長は携帯電話を取りだしてみせた。画像や日付のデータなどを確認して
うーんとうなる娘。わたしはそこで口をはさんだ。
「もう気が済んだろう。団長さんをあまり困らせてはいけないよ。彼はまじめで嘘が
つけない人だ。わたしが保証する」
娘はあてがはずれてがっかりしたようだった。ため息を漏らして背もたれにだらり
と寄りかかる。わたしはアイスコーヒーの底にどんよりと沈殿していたシロップを静
かにすすった。さすがにパックふたつは多すぎたみたいだ。べつに甘いのが好きなわ
けではない。カロリーはとれるときにとっておかなければいけない。野性の本能のよ
うなものだ。
盗んできたトウモロコシを食べながらアパートの事務所で話をした。作戦会議がし
たいと娘はいった。会議もなにも一対一だ。彼女は予想どおりにいかずにいらいらし
ているように見えた。わたしはなにも話すことはない。なんの計画もないのだから。
てきとうに時間をかせいであきらめさせるぐらいのことしか考えていない。
「やっぱりほんものの熊のしわざみたいだね」

「だからそういったじゃないか」

「じゃあどうするの？」

「まあしばらくようすを見てみることにしよう」

「それ意味ないでしょ。熊の観察日記をつけてるわけじゃないんだから。メルヘンなんか糞食《くそ》らえだよ。こっちは熊の野郎をとっつかまえてとっちめてやっつけてしめあげてしぼりあげてねじりあげてひねりあげて罵倒《ばとう》して面罵して痛罵して金玉蹴《け》りあげて投げ倒して踏みつけて引き裂いて切り刻んで八つ裂きにして血祭りにあげまくるために依頼したんですけど？」

「穏やかじゃないね……」

金玉というからにはオスだとおもっているのだろうか。

「こっちは大損害食わされてるんだから当然じゃん」

「トウモロコシの数本ぐらい自然に帰してあげたと考えればいいんじゃないかな」

「数本じゃなくて数百本だから」

おおげさな。数本というのはたしかに控えめすぎたが数百本はない。いくらなんでもそんなに食べきれるはずがないだろう。どうやら娘は頭に血がのぼっているようだ。こういう場合は無理になだめるのは逆効果だ。むしろ荷担するようなことをいうのだ。

そして具体的にそれがどれほど残酷な考えかを気づかせてやることによって自分が冷静さを失っていたことに思い至らせるのだ。

「なるほど。それはじつにゆるしがたい熊だな。ならばこうしよう。マシンガンで蜂《はち》の巣にしてやるんだ。にっくき熊の肉片が路上に散らばり大地には真っ赤な血の雨が降るだろう」

「自業自得《じごうじとく》だね」

「でなきゃチェーンソーで胴体をまっぷたつにするのはどうだ。血みどろの臓物が作物の肥料となってわれわれの口に入ることになる。まさに血の収穫祭だ」

「熊の胆《い》で健康になりそうだな!」

「あるいはダイナマイトを口にくわえさせて頭をこっぱみじんに吹き飛ばすという手もあるぞ」

「いいね。どうせなら、けつのあなにバズーカぶちこんでやろうぜ!」

だめだ。火に油を注ぐ結果となってしまった。すぐに殺すのはもったいないからじわりじわりと痛めつけてやろうよ。糞熊の生爪《なまづめ》をはがしたり両眼を抉《えぐ》り出したり鼻の穴で爆竹を破裂させたり歯茎に鑿《のみ》を打ち込んだり耳に電気ドリルを突っ込んだり水車に縛りつけてぐるぐる回したり針の山に正座させたり魔女みたいに火炙《ひあぶ》りにしたり死刑囚みたいに電気いすにかけたりして存分に楽しもうなどということをえんえんと語りはじめた。

「バズーカってネットで買えるのかな。あれいくらぐらいするの？」

おそろしい娘だ。自分が犯人の熊だと知れたらどんな目にあわされることか。想像するだに……いや、想像するまでもなくじゅうぶんな説明を受けてしまった。試したことはないがおそらく買えないだろう。いずれにせよ法律違反になるとわたしはこたえた。それから路線変更して彼女をべつの角度からなだめることにした。

「焦《あせ》りは禁物だ。この手の事件は先走るといい結果を生まないからね」

「さっさと捕まえたほうがいいじゃん。こないだ熊の足跡が畑じゅうについてたってきいたし」

うっかりしていた。予定を把握しているのをいいことに調子にのりすぎたようだ。わたしは注意深く言葉を選んだ。

「そのわりに被害は少なかったのでは？」

こたえは予測できた。

「たしかにそうだね。なんだか不思議だっておじいちゃんもいってた」

「なるほど。ならばなおさらプロにまかせるべきだな」

「プロの猟師？」

「いや。熊の専門家だよ」

「なにそれ」

「目撃情報や現場の痕跡《こんせき》からするとふつうの熊ではない可能性がきわめて高い。なにしろ二本足で路上を走るくらいだからね。また自制心が強くかなり高度な知性をもちあわせているようだ。もしかしたら絶滅寸前の希少な熊かもしれない。ことによったら未発見の新種の熊ということだってありうる。そんな熊を殺したらたいへんだ。全世界から非難を浴びるはめになるぞ。きっと農園も閉鎖になってしまうだろう」

「そっか。でも熊の専門家なんてどこにいるの。街の大学にでも行かないと無理だよね？」

わたしは熟練したカジノディーラーのようななめらかな手つきでトウモロコシの芯《しん》をテーブルに置いた。われながらかっこいいとおもった。そして落ち着きはらった声でこたえた。

「わたしだ」

「は？」

「わたしがその専門家だよ」

「え、探偵でしょ？」

「なぜわたしがこんなちっぽけな町で探偵をやっているかご存じないようだね」

「対人恐怖症か？」

なんなんだ。話を変な方向に曲げないでくれ。わたしは軽く咳払《せきばら》いした。

「熊の生態に詳しいからさ。その知識と卓越した推理能力をいかすにはこうした田舎の町が最適だったんだ」

「なんだ。なら最初からそういってくれればよかったのに」

「周知の事実かとおもってついいいそびれてね」

「具体的にはどうするの？」

「まあ落ち着きたまえ。やつを仕留めるかどうかは、実際にわたしがその熊を見てから判断するとしよう。どこにでもいるありふれた熊ならことは簡単だ。その場でわたしが始末する。だがもし絶滅寸前の希少な熊なら——」

「なら？」

まばたきもせずに身をのりだす娘。

「生け捕りにしよう」

「できるの？」

「まかせてくれ。たいていの熊なら素手で生け捕りにできる。それも片手で十分だ。なんなら目隠しをしていてもかまわない。なにしろわたしは日本の格闘術バリツの心得があるからね」

「すごいじゃん！」

本気で感心しているようだった。うっかりバリツなどといってしまい焦ったが彼女がシャーロッキアンでなくてよかった。バリツなどという武術はシャーロック・ホームズの物語にしか出てこない。もし彼女がそれを知っていたらわたしはいまごろライヘンバッハの滝に真っ逆さまにダイブしていたことだろう。

大きな矛盾がわたしの頭を悩ませていた。さまざまな難題が星月夜のように渦を巻いている。いくら依頼人をいいくるめてみたところで事件はあいかわらず未解決のままなのだ。その場しのぎのごまかしにすぎない。若い娘だとおもってあまくみていた。彼女は意外としぶとい性格だったのだ。いつまでたってもあきらめてくれるようすがなかった。

事件を解決しないかぎり金は入ってこない。金がなければ食糧もない。食べていくには盗みに入るほかない。でないと解決するまえにわたしが空腹で死んでしまう。だが盗みに入れば農園の被害は増加する。被害が増えれば事件の解決は遠のく。もし熊が消えれば——つまり被害がなくなれば事件は解決ということになり金が入るだろう。しかし金が入らないかぎりは熊をやめるわけにはいかない。やめたら餓死してしまうのだから。

いっそ「わたしが熊です」といって着ぐるみを脱いで正体を明かそうか。そしたら一件落着となって彼女は報酬を支払ってくれるかもしれない。いや、それはないだろう。襟首をつかまれ警察に突き出されるのが落ちだ。さもなくば口にするのも怖ろしい拷問《ごうもん》が待っているにちがいない。なにがあろうと絶対に正体を知られるわけにはいかない。ばれたら身の破滅だ。

これではいつまでたっても事件は解決しない。わたしの抱えている矛盾はいっこうに解消されない。頭のなかで考えが行ったり来たりしていた。さっきから同じところをぐるぐる低徊《ていかい》していた。まるで出口のない迷路を無闇《むやみ》に走りまわっているようなものだ。なにかうまい方法はないものだろうか——。

こうなったらごく一般的な盗みをするか。問題は食べるものがないということなのだ。それならスーパーやコンビニにいってパンでも盗んでくればいい。あるいはおもいきって食い逃げという手もある。だがそれはわたしの良心がゆるさなかった。うまくいえないが明確な犯罪者になってしまうのではないかとおもう。店で商品となっているものを盗むのと畑に実った作物を少しばかりいただくのと。そこにはずいぶん大きな隔たりがあるような気がしてならない。銀行強盗と賽銭《さいせん》泥棒ぐらい差があるようにかんじられるのだ。無論それはわたし独自の基準にすぎない。どちらもれっきとした泥棒であることにちがいはない。

食べるのが目的ならだれかに食事をおごってもらうという手もある。それなら合法的に食べ物にありつけるわけだ。まあそれも一度ぐらいならかまわないだろう。しかし毎日のように人に飯をごちそうになっていたらただのたちの悪いたかりだ。探偵としてばかりか人としての評判まで地に落ちてしまう。

もうやけくそでホームレスにでもなってしまおうか。変装して顔をわからなくすればわたしだということはばれない。万が一ばれたとしても調査のためにやっているのだと弁解することもできる。それなら人生へのダメージは少なそうだ。しかしこの田舎でホームレスとしてどれだけ稼げるものか。人口が少ないということはそのぶんホームレスも目立つということだ。街まで出向いてもいいが交通費を考慮に入れると採算がとれそうにない。それにホームレスが電車やバスで「職場」に通勤していたらおかしいではないか。

大道芸人的なストリートミュージシャンなどで小銭を稼ぐというのも考えてはみた。だがあいにくわたしが弾けるのはピアノぐらいだ。それも生意気にきこえるかもしれないがきちんとしたグランドピアノかアップライトピアノでないとだめだ。すかすかの軽いキーボードでは指がうまく運ばない。空振り感があるのだ。かといってでかいピアノを街路に持ち込むわけにもいかない。「なにをやっているのだあの男は」と職務質問されてしまうだろう。まあ弾けるといってもレパートリーは「葬送行進曲」だけなのだが。

あるいは虚無僧《こむそう》のかっこうをして托鉢《たくはつ》するというのはどうだろうか。お経なら口のなかでぶつぶついっていれば本物かどうかばれやしない。それに尺八ならてきとうに吹いてもだれも気づかないような気もする。そのまえに音が出せるかどうかわからないが。サックスやクラリネットのようにちょっとしたこつがいるのかもしれない。というか尺八や虚無僧の衣装などどこで入手しろというのか。「劇団ハムスター」の芝居は動物だらけで僧侶《そうりょ》など出てこないのだ。

目下の標的は熊だ。それならかわりにべつの着ぐるみを借りようか。象とかナメクジのかっこうをして畑に侵入するのだ。うん。だめだ。だめに決まっている。現実的にありえない。日本の田舎で野生の象が出たら即全国ニュースだ。大学や動物園から学者たちがかけつけてきて捕獲作戦が開始されるぞ。わたしは象の着ぐるみを着たままで一生を動物園で暮らさなければならなくなる。人間サイズの巨大なナメクジが出たらなおさらいけない。海外からもひまな報道陣がやってきそうだ。「ナメクジの里」として町は一躍有名になるだろう。それも十五分間ぐらいのことだとはおもうが。だがわたしの人生は永遠におしまいだ。

ならばべつの人間を犯人に仕立てあげるというのはどうだ。たとえば「劇団ハムスター」の団長とか。そうして罪をかぶせれば事件解決一件落着となる。わたしは罰をまぬがれ探偵としての株もあがる。いいことずくめだ。いや。なにをいっているのだ。それこそまさに大悪党のすることではないか。まるでしみったれた日本のやくざのやり口だ。わたしは人を助けたくて探偵になったのだ。罪もない人をおとしいれてどうする。そんなことできるわけがないじゃないか——。

頭が混乱していた。見知らぬ街で迷子になって無闇にかけだしたあげく余計に場所がわからなくなってしまいあわてて通りすがりの人に道をたずねたら相手は目がたがいちがいになった流行最先端のスタイリッシュなヤンキー族で、鼻でわらって無視されただけならまだしも笑顔でかつあげにあって一銭のこらずまきあげられたようなかなしい気持ちがした。

おかげで睡眠不足だし食欲もない。今朝は朝食にトウモロコシを十九本しか食べられなかった。どうも調子がよくない。もうしばらく横になっていよう。それにしてもこんな心配事を抱えてこれからずっとすごさなければならないのか。このぶんだと少なくとも冬までこうしていないといけない計算になる。つまり熊が冬眠するまでということだ。

そこまでくればさすがに依頼人もあきらめてくれるだろう。熊が寝ているのでは調査にならない。冬眠している場所をつきとめて寝込みを襲おうというなら話はべつだが。彼女のなかではわたしは探偵でもあり熊の専門家でもあるということになっている。へたをすればそんな計画を提案されないともかぎらない。いくらなんでもそこまであの娘がしつこくないことを祈るばかりだ。

あきらめてくれたと仮定してそれから先どうするかは予定がない。とりあえず金はいくらか支払ってもらえるとはおもう。少しでも金があればどうにか食いつないでいけるだろう。そのころにはべつの依頼が舞いこんでいないともかぎらない。

しかし冬が来るまで熊になって畑から作物を盗んで暮らしていくのか。そんな綱渡りを続けていかなければならないのか。涙がにじんできた。なんてやっかいなはめになってしまったのだろう。時間がすべてを解決する？　そうだろうか。その時間こそがいまのわたしにはいちばんの問題におもえるのだが。

生きるというのはそんなことのくりかえしなのかもしれない。来る日も来る日もゆらゆらちびちび綱渡りをして歩いていくのだ。たしかにやっかいではあるがそう難しいわけでもない。こっちには農園の予定表がある。現場を押さえられる心配はない。先週も予定表を見て何度か畑に足を運んだ。ある晩は依頼人に頼まれて張り込みをしたこともあった。だが熊はあらわれなかった。あたりまえだ。わたしが熊なのだから。こんなことをくりかえして冬まで食べていくのも不可能ではない。しかしそれまでわたしの精神がもつだろうか――。

と、わたしはあることにおもいあたりベッドからとびおきた。

空白だ。昨日依頼人から新しくもらった週間予定表に大きな空白があるのを思い出した。丸一日そこだけ予定がぽっかり空いていたのだ。親戚《しんせき》の集まりだか旅行だかで家族そろって留守にするとかいっていた。そうだ。たしかに彼女はそういっていた。日にちもまちがいない。彼女がいっていたのと一致する。わたしは自分のことばかり考えていて彼女の言葉をききながしていた。だが肝心なことは覚えているものだ。

「その日は従業員も休みで農園は完全に休業状態になる」

といっていた。

「だから夜間の見回りもなくなるわけ」

と予定表を指し示しながら懸命に説明していたのを思い出す。

「心配だからもし時間があればようすを見ててもらいたいんだけど」

とわたしに頼んだのだった。時間ならいくらでもある。なんとも好都合だ。つまり熊としてゆっくり収穫作業できるというわけだ。あとでもし当日のことをきかれたら、

「いそがしくて見にいくことができなかった」

とでも言い訳すればいい。わたしは彼女のスケジュールを知っている。しかし彼女はわたしのスケジュールを知らないのだ。こんな絶好の機会を利用しない手はない。

作戦はこうだ。その日の夜にごっそり大量収穫するのだ。そうすれば当面食べるものには困らなくなる。冬を待たずにすべては解決だ。あたりまえだが犯人の熊を生け捕りにすることはできない。それにその必要もない。その日を最後に熊の被害はぱったりと途絶えるのだから。

被害がなければ調査も打ち切り。来ない熊をいつまで待っても意味がない。時間の無駄だ。依頼人からも解放されてうまくすれば報酬もいただけるだろう。熊の専門家らしさを発揮してもったいらしく現場検証し、

「もう荒らされる心配はない」

と明言してやればいいだけだ。なんだか急に元気がわいてきた。太陽があつくまぶしく輝いている。わたしはパジャマを着替えて残っていたトウモロコシを平らげた。

夜が来るのを待った。入道雲が空で赤く燃えていた。わたしは熊の着ぐるみを着てベッドの端に座りヒグラシの声をきいた。どこか遠くで鳴いているのだ。街の灯がじょじょにその明るさを増していく。やがて世界の終末みたいな色をした夕暮れが訪れた。太陽の光が西の空に赤黒く沈殿している。あれはいったいどんな味がするのだろうか。

その後まもなく夜のとばりが降りた。月は出ていない。静かな顔で窓下をながめやる。人通りもだんだんと少なくなっていった。その数もすぐに途絶えがちになった。車の走る音さえも夜のしじまへと消えていった。電信柱の蛍光灯だけが頼りない光を地面に落としていた。行動開始だ。わたしは静かに立ちあがって部屋を出た。

予定表どおりだ。農園にひとけはない。熊沢一家の住居となっている母屋《おもや》にも灯りはついていない。念のために窓辺でそっと耳を澄ませてみたがひっそりと静まりかえっていた。人のいる気配はない。犬が少しだけ吠《ほ》えたがすぐにおさまった。ききわけのいい犬でよかった。あとは蛙《かえる》たちの鳴き声がきこえるばかりでとても穏やかな夜だった。

わたしはリヤカーを引いていた。冬まで保《も》たせるにはそれくらい収穫しなければならない。リヤカーは団長から借りてきた。団長は理由をききたがっているようすだった。だがプロとして依頼人の秘密を漏らすわけにはいかないと説明したら納得してくれた。

リヤカーの車輪の跡を畑に残さないように気をつけた。いくらめずらしい熊といえどもリヤカーを引いていたとあっては存在そのものを怪しまれてしまう。わたしはトウモロコシ畑の縁にリヤカーを置いた。何度か往復することになるがどうということはない。今夜はたっぷり時間があるのだ。

トウモロコシはよく実っていた。採《と》っても穫っても盗りきれないくらいだった。もちろん時間はかかった。なかなか骨の折れる作業だったが踊りと鼻唄がとまらなかった。これでばかばかしい依頼から解放される。そうおもうとうきうきした。土のかおりと葉っぱのにおいが胸に心地よかった。

最後のひと抱えをリヤカーに積んだ。ずいぶんたくさん積みあがったものだ。何本あるか数えきれない。これなら冬まで余裕で食べていけるだろう。あるいはこのまま冬越えだってできるかもしれない。少し欲張りすぎただろうか。まあいい。長時間働いたので疲れた。一息いれよう。見回りが来る心配はない。農園はわたしの貸し切り状態だった。

わたしは着ぐるみのまま農園を気ままにぶらついた。夜の農園を散歩するのもこれが最後かとおもうとちょっと名残惜しいような気持ちになった。さっさとこんな生活からおさらばしたかったのに不思議なものだ。まあ感傷的になることはだれにでもある。ことにこんな星のきれいな夜ならなおさらだ。

四阿《あずまや》のベンチに腰かけ夜の虚空をぼんやりとながめた。不思議と暑さはかんじなかった。わたしはなぜだか子どものころの夜のドライブを思い出していた。遠い昔の話だ。両親の運転する車の後部座席でうとうとしながら夢と現実の境目を漂っていた。どこかへ旅行をした帰り道のことだったのだろう。詳しいことは覚えていない。

半月が東の空にのぼりはじめているのが見えた。もうそんな時間になるのか。そろそろアパートへ帰ったほうがよさそうだ。大量のトウモロコシを人目につかないところへ隠す作業が残っている。クローゼットはすっかり空にしてあるがそれでも足りないだろう。流し台の下や台所の戸棚も全部あけてある。天井裏にもスペースはあるがネズミにかじられるのではないだろうか。なにか頑丈な入れ物を用意しておけばよかったかもしれない。

そんなことをあれこれ考えながらわたしはゆっくりと立ちあがった。トウモロコシ畑にもどるべく葡萄《ぶどう》の棚をくぐった。そして納屋《なや》とビニールハウスのあいだをすぎる。洋梨《ようなし》やブルーベリーの果樹園をぬけて水車小屋の角を曲がった。そこで遠くに奇妙な物影があるのに気づいた。広いトウモロコシ畑の縁にわたしのリヤカーがある。その影はうごいた。リヤカーのそばに立ってこちらを見ているようだ。

わたしは一瞬あせった。だがどうもようすがおかしい。それはこれまで見たことのない形をしていた。なにか幻でも見ているようなかんじを受けた。現実のものとはおもわれなかった。影は左右にゆれてだんだんと大きくなる。わたしのいるところへ近づいてきているのだ。

熊だった。後ろ足で立って歩いていた。かわった熊もいたものだ。そうおもったのはおたがいさまだったかもしれない。その足取りはぎこちなかった。懸命にわたしのまねをしてみたのだろうか。体を不器用にゆらして歩いていた。健気《けなげ》なやつだとおもった。一種のやさしい情のようなものがこころの隅に芽生えた。トウモロコシ畑のほとりでわたしと熊はしばらく見つめあった。信じてはもらえないかもしれない。熊はわたしを見てにっこりとほほえんだのだ。仲間意識。親愛の情。同胞のような気持ちをかんじた。友好の印にゆでたてのトウモロコシをごちそうしてあげたくなった。だがそれは錯覚だった。熊は右手をふりあげた。爪が月の光に映えた。きれいだなとわたしはおもった。次の瞬間に熊はその手をふりおろしてわたしの顔面を殴った。世界がぐらりと曲がった。地平線がななめにせりあがった。なにがおきたのかわからなかった。

わたしは地面にぶったおれた。目の前がまぶしくちかちかした。そうか。わたしは熊に殴られて死ぬのかとおもった。事実あたまが体から五メートルぐらい離れて吹っ飛んでしまったような感覚がした。だがあたまはまだここにある。肩の上にのっている。

その相反する感覚のなかでわたしは熊が四つ足になって屈《かが》み込むのを見た。横倒しになったわたしの体にその顔が接近する。熊はわたしのにおいを嗅《か》いだ。ちょっと顔をしかめるようにしたのが月明かりに見えた気がした。さっきまでこころが通じあっていたようにおもえたのに今ではもうなにもわからない。

熊はやっぱり獣のにおいがした。わたしには欠けているにおいだ。けっきょくわたしたちはべつの種類の存在なのだ。わたしはまだ自分が生きているのを確認した。着ぐるみの厚さで衝撃が和らいだらしい。団長に感謝しなければならない。だがこの状況をどうしたものか。へたにうごけばなにをされるかわからない。食うか食われるかだ。いや。いくらなんでもわたしは熊を食べるつもりはない。バリツでうまく仕留めたところでリヤカーに載せて食糧にするにはまたべつの技術が必要になる。というかバリツなど使えないのだった。というかバリツなどという武術は存在しないのだった。そんな技があったら軽くやっつけてこの熊にすべての罪をかぶせることもできたのだが。なにか武術を修得しておくのだった。いまさら後悔してもおそい。

わたしは三十六種類のはかりごとを考えようとしたがなにも浮かんでこない。頭にあるのは逃げることだけだ。それが最良の策であるのはたしかだ。逃げるが勝ち。勇気の大半は分別にある。そんなことはいわれなくてもわかっている。どれも昔からよくいわれていることだ。だが肝心の逃げかたについてはなにひとつ教えてくれなかった。まるでなんの役にも立ちやしないじゃないか。とうとうわたしの運もつきたようだ。

と、熊があたまをあげた。まじめな表情をしている。少なくともわたしにはそう見えた。熊の横顔をこんなにまぢかで見たのは初めてだったが。熊はふいと首を曲げわたしの顔をのぞきこんだ。熊とわたしの目があった。なにを考えているのかはわからない。隙《すき》をついて熊の金玉を蹴りあげてやろうかとおもった。だがわたしにはオスとメスとの区別がつかない。もしメスだったら赤面激怒してまた張り倒されるんじゃないかと想像するととても力がわいてこない。

　すると熊はすっと後ろにさがった。いきおいをつけてわたしにとどめを刺すつもりかとおもい身がまえた。だがちがった。人間のような声がした。なんといったのかはききとれなかった。目の前の熊がしゃべったのかとおもった。ききちがいだろう。もっと遠くからきこえたような気がする。熊はそのまま向きを変えてそそくさとトウモロコシ畑のなかへ入っていった。

「くそう、逃げられたか」

　今度ははっきりときこえた。年配の男の声だった。わたしは顔をあげて声のしたほうに目をこらした。向こうのほうの暗がりにふたつの人影が見えた。そうか。人の気配を察知したのか。それで熊は立ち去ってくれたらしい。おかげで助かった。わたしはほっと安堵《あんど》して体をおこした。首のあたりにまだ違和感があった。それでも命は無事だ。あのままでは熊にとって食われていたにちがいない。歩いてくる人影。老人と若い女のようだ。老人は手に長い箒《ほうき》のようなものを持っていた。ふたりはあたりをしきりに見まわしていた。女のうごきがとまった。

「じいちゃん、あそこだよ！」

女がいった。その声で例の依頼人だとわかった。おかしい。家族で出かけているのではなかったか。依頼人はわたしを指さしていた。じいさんが体をはっとさせた。が、すぐさま箒をふりあげ柄の先端をわたしに向けた。鉄砲だった。銃声と火花が散った。わたしの腹のあたりが熱くなった。どうやらわたしは撃たれたらしい。ああしまった。そうおもったが手遅れだった。わたしは熊だったのだった。熊の着ぐるみを着ていたのだった。熊らしいかっこうで熊っぽいたたずまいを醸《かも》し出し地面に熊座りしていたのだ。わたしはまたあおむけにたおれた。

「しとめたぞ！」

依頼人とその祖父がかけよってくるのが目のはしに見えた。わたしは首をうごかすことすらままならなかった。それにしてもどうして彼らは家にいるのだろう。予定表の日にちをまちがえたのか。そんなはずはない。わたしは何度も確認したし彼女もくりかえしその日のことを気にしていた。ならばなぜ――。

「だからいったでしょ」

と娘はじいさんにいった。するとじいさんは、

「なんで今夜来るとわかったんだ?」

「だって予定表にフェイントいれておいたじゃん」

なんてこった。ばれてたのか。

「それが熊とどう関係あるんだ?」

「なぜか熊がこっちの予定を知ってるみたいだったからね。いつも予定のないときを見計らったみたいに畑が荒らされてたでしょ。なんだかおかしいなとおもったんだよ。それでぴんときたの。あの探偵事務所は熊に盗聴されてるんだって。案の定だったね。推理が当たったよ」

という依頼人。なんだそのひどい推理は。盗聴器をしかける熊なんてどこにいるというのだ。そんな熊がいてたまるか。メルヘンの世界でもいやしないぞ。まったくバカなのか利口なのかわからない娘だ。

「たいした熊もいたもんだな」

じいさんがいった。バカな感想だった。

わたしはなんだか眠くなってきた。心地よい眠気だ。これまで一度もかんじたことがないほどのうっとりするようなまどろみ。夏だというのに雪がちらついているのが見えた。それとももうそんな季節だったろうか。わたしは冬の夜に見たひとけのない川沿いの街路を思い出していた。時間帯は覚えていない。街灯の光が暗い夜をくっきりと切り取っていた。そこだけべつの世界のように浮きあがって見えた。あたりは静かでなにもきこえなかった。川の流れる音がしていたはずだが記憶に残っていない。雪だけが音もなく舞い降りて光のなかをゆっくりと漂っていた。まるで海底でプランクトンが泳いでいるみたいな印象がしたのを覚えている。街全体が海の底に沈んだかのような。とてもうつくしい光景だとかんじた。この世のものとはおもわれなかった。

そこでわたしは気づいた。ああ。これが死というやつか。わたしは自分が死んでいくのをおもった。そして死んだあとのことをおもった。熊が着ぐるみだと知ったら依頼人はどうおもうだろう。しかもその正体がわたしだと知ったら。悲劇になるか。それとも喜劇になるのだろうか。彼女はひとりごとのようにいった。

「希少な熊じゃないといいけど。ま、あの探偵にみてもらえばわかるか」

彼女は携帯電話を取り出し電話をかけた。わたしの腹で電話が鳴った。それから先はわからない。もうわたしの物語ではないから話すことはできない。わたしは絶滅するのだ。赤く輝く巨大なスズメが目の前にあらわれて大きなくちばしのなかにわたしを飲みこんだ。なかは太陽よりもまぶしかった。

まぼろしの地球音楽

1

おれの口から食べかけの焼売《シュウマイ》が飛び出した。焼売はレストランのテーブルにぽとりと転がり、中華な龍《りゅう》模様の織りこまれた赤い布に染《し》みが広がる。

「いま、なんていった?」

「財布を忘れちまったみてえなんだ……」

マネージャー兼相棒のでかい犬、ワン・ワンワンが困ったような顔であたふたとバッグに前足をつっこんでいた。なかをかき回しているが、目当てのものは出てこない。

「どこに忘れたんだよ?」

「ホテルかな……いや、駅かもしれねえ」

「落としたんじゃないのか?」

「そんなにうっかりしてねえっての。バッグがさかさにならねえよう両手でしっかり抱えてたし、ひったくりにだって用心してた」

海外旅行は初めてだからなとワンは口ごもる。

「来るとき電柱に小便してなかったか。足をあげたときに落としたのかもしれんぞ？」

「するわけねえだろ、おれを侮辱してんのか！」

ワンの鋭い声に客の視線が集まった。おれたちは首をすくめて猫背になる。提灯《ちょうちん》の形をした電灯が赤く、かすかにきこえる店内放送からは中国語の古い歌が流れていた。テーブルもいすも年季が入っていた。ビンテージというよりは、がたがきているといった調子だ。ホールはやや閑散としており、疲れた顔の給仕たちが壁際《かべぎわ》でなにかをささやきあっている。おれは声を潜めてワンと顔をつきあわせた。

「ワン、一銭もないのか？」

「そっちこそねえのかよ？」

「金の管理はまかせとけって、おまえいっただろ」

「この飯代、どうすりゃいいんだ？」

「落ち着くんだ。まず、おれの顔をなめるのをやめてくれ」

「すまねえ、動揺してた。しかし、まずいつらだな。口直しになにか注文してえよ」

おれの視線が店の出口にとまる。外はすっかり日が落ちていた。装飾された英語や中国語のネオンサインが街路に色とりどりの光を放っている。春めいた軽装のひとびとが繁華街をいきかうのが見えた。

「食い逃げでもするか……」

「ゼニー、その格好で逃げられるとおもってんのか？」

「なんでさ？」

「派手すぎるだろ。金の刺繍《ししゅう》入りジャンプスーツ着てるやつなんか見たことねえぞ。その孔雀《くじゃく》みてえなマントは外せるのか？　そんなもんひらひらさせてどうやって逃げる？　ごてごてしたサングラスも一度見たら脳裏に焼きついて離れねえし。ついでにいえば、もさもさのもみあげも目障《めざわ》りだ」

おれは眉《まゆ》をしかめた。

「もみあげはおれのトレードマークだ。どこへ行くにもこの衣装なのは昔からだろ。おれみたいな人気歌手なら当然さ。二十四時間あらゆる場所がステージだからな。四六時中みんながおれに心酔してるんだ。いつも裸のおまえには理解できんかもしれんがな」

「田舎の公民館でガキにマント引っ張られて、首がうってなってたよな」

「人気者はつらいもんさ」

「あのあと、ガキの顔を鷲《わし》づかみにして全力で締めあげてたのにはさすがにひいたよ」

　おれはまばたきし、さらに声を潜めた。

「食事代ぐらい、おれの人気に免じて負けてくれないもんかな？」

「中国じゃ無名だろ。そんなけちなこといいだしたら評判もがた落ちだ。ていうかこれ、けっこうな品数だぞ。そこそこの金額になってんじゃねえか？」

「九割がた、おまえの注文だよな？」

「あした日本に帰るから、最後にぜいたくしたかったんだ」

　ワンが立ちあがり、腹に押されてテーブルがゆれる。食器が鳴り、箸《はし》が床に落ちた。ワンはそそくさと店内を見まわし、横目でおれの顔を一瞥《いちべつ》。すぐに目をそらす。耳の後ろをかきながら、あいまいな表情を浮かべて足をふみだした。

「どこ行くんだ？」

　おれはサングラスをずらしてワンを見あげた。

「も、もちろんトイレに決まってんだろ」

「まさかとはおもうが――、おれを置いて逃げるつもりじゃないよな？」

「え？　ええぇ？　そ、そんなことまるでおもいもよらなかったよ。すごく大胆な発想だな。いや、ほんとびっくり。完全に度肝をぬかれちまった。まさに。すこぶる。

おったまげ。あまりのショックでがりがりに痩《や》せちまうところだよ。いいか、ゼニー。おれに考えがあるんだ。なにしろ考えるのは得意中の得意だし。おれが中国語に堪能《たんのう》なのは知ってんだろ? じいさんが中国生まれだったからよ。だからここは、おれの卓越したチャイニーズ弁論術でなんとかしてやるよ。だいじょうぶ、まかせとけって。ゼニーは大船に乗った気持ちで、ぎっちり目をつむって待っててくれ。いい考えだろ。おれがいいっていうまで、ぜったいに目をあけちゃいけねえぞ?」

「逃げる気満々にしかきこえないんだがな」

「や、からきし意味わかんねえ。つらにあわずゼニーは冗談がうめえ。あーっはっはっはっは……」

「なんで泣きそうな顔してるんだ?」

「き、気のせいだって」

「ならいいが」

「じゃ、ゼニー。元気でな」

「別れのあいさつみたいだな」

「だから気のせいだってての!」

ワンは首をちぢめ、ひょこひょこと奥のトイレへ向かった。ばさばさとした孟宗竹《もうそうちく》の鉢植えの陰にワンの姿が消える。どうせあちらは行き止まりだ。

「コノ、ジャパニーズ、ドロボ、イヌ！　クイニゲ、ワ、ハンザイ、ネ！」

奥から声が響いてきた。客と店員がいっせいに顔をあげる。おれは腰を浮かせ、あ、もしかしていまなら正面から店を出ていっても、だれも気づかないかも？　とおもったが、すぐに考えを打ち消しトイレへ向かった。

あいたドアの向こうに店員の後ろ姿がふたつ。なにやらつかんで引きずり出しているとおもえば、トイレの小窓にでかい犬がはまりこみ、じたばたしているのが見えた。その腹の太さはむろんワンだ。窓をくぐって逃げようとしたらしい。店員たちの努力で窓から腹がぬけ、ワンはあおむけになった。おれと目があい、ばつの悪そうな顔をする。おれはおもわず口走った。

「置いてけぼりなんてひどいじゃないか！」

「さ、財布を探してこようとおもっただけだっての」

おれたちは腕をねじあげられ、店長のまえへ突きだされた。机の向こうに座り、こちらをにらみつける店長。目のつりあがった神経質そうな男だ。なかなか話を切り出さないので、おれはひどく気づまりになった。

「どうも。うちのマネージャーが失礼なことをしました。おれはゼニーです。ドルバコ・ゼニー。日本の有名なミュージシャンです。コンサートの仕事を探しに中国へ来てたんです。どうぞよろしく」

笑みを浮かべて握手を求めた。だが店長はおれの手には目もくれず、

「ワタシ、店長ノ、リー、ネ。アナタタチ、クイニゲ、シケイ、ネ」

「ええと、リーさん。おれがだれだかわかります？」

リー店長は首をかしげて眉間《みけん》にしわを寄せる。そこへワンがわって入った。

「ゼニー、本格的なチャイニーズ交渉はおれにまかせとけ――」

すぐにおれのわからない言葉でいいあいがはじまった。両者ともにまくしたて激しく応酬。店長は声を荒らげ、ワンはしっぽをさかだてる。やがて口論がおさまると、ワンは勝ちほこった調子でソファに身を投げた。店長が机のベルを鳴らす。店員がドアからぞろぞろと姿をあらわし、おれとワンは廊下へ引き立てられた。両脇《わき》をつかまれながら、ワンはおれに耳打ちした。

「やったぞ、ゼニー。ついに新しい仕事を手に入れた」

「え、コンサートか？　おまえ、すごい交渉力だな。あの状況からどうやってそんな話にもっていったんだ？」

「なあに、こんなのお手のものさ」

「旧武道館クラスのアリーナかい？」

「ぜいたくいうなよ。ゼニーはこの国じゃ、まるで無名だ。あせらず実績を積みあげていかねえとな。てことで、まずは厨房《ちゅうぼう》からはじめるとしようじゃねえか」

「厨房？」

「皿洗いの仕事さ。食事代は働いて返すことになった。なかなか悪くねえ取引だろ？」

「それ、おれのやる仕事じゃないな」

おれは廊下で足をとめたが、店員にこづかれる。

「一歩一歩のぼりつめようじゃねえか、ゼニー」

「のぼりつめても、アリーナにはたどりつきそうにもない選択だ」

たどりついたのは湯気と煙の立ちこめる厨房奥の食器置き場だった。

「ムダグチ、ヤメテ、サッサト、ハタラケ。コノ、ゴクツブシ！」

「アリーナどころか、鼻歌も歌えそうにないぞ……」

2

「ゼニー、皿を洗うときぐらいステージ衣装脱げよ。作業しにくいだろ？　そっちが一枚洗うあいだ、おれは五枚も洗ってるじゃねえか」

「おまえ、スポンジ使えよな。半分以上なめてるだけだろ」

「皿がかってに舌に絡《から》みついてくるんだ」

「そんな化け物みたいな皿があってたまるかよ」

「正直いうと、手がぬれるのがいやでしょうがねえんだ。おれってデリケートだからよ」

「おい、おれのマントで手を拭《ふ》かないでくれ！」

洗っても洗っても汚れた食器が積みあげられていく。油汚れを落とすのは手間がかかってたいへんだった。

「なあ、ワン。いったいいつ解放してもらえるんだ。この調子じゃ洗い物のしすぎで指紋がなくなりそうだ。一週間たつが、まるでゆるしてもらえる気配がないよな？」

「いつもまかない食べてるだろ。あれ、つけになってるらしいぜ」

「あんな残飯で金とるのか？」

「しかたねえだろ。契約書におれの拇印《ぼいん》押しちまったんだから」

「なんでそんなの認めたんだよ？」

「中国語はしゃべれるけど読めねえんだ。ちょいとばかし漢字が多くてな」

「ぜんぶ漢字だろ」

「あと住みこみだから下宿代もかかる。借金が増えてく一方だぜ。ははは」

「なんて取引してくれたんだ。こりゃいつになったら帰れるかわからんぞ」

「外出もさせてくれねえから、とんずらもできねえよな」

「いまごろ日本のファンが心配してるだろうな」

「息子のコゼニーも待ってるんじゃねえか」

「息子はいない。いてもそんな名前はいやだ」

「ゼニーが海外進出の足がかりをつかもうなんていうから、こんなことになっちまったんだ」

「いつまでも日本のなかだけでやってくわけにもいかないだろ。人が減ってる実感あるし。公民館とかデパートの屋上みたいな会場ばかりで、ろくな仕事なかったしな。広い世界でたがいに刺激しあってこそ、新しい展望がひらけてくるってもんさ。いってみりゃ、エッジ・エフェクトってやつだな」

「なんだそりゃ？」

「ほら、たとえば海と陸の境目とかあるだろ。そういうとこって異質なものがぶつかりあうから、なにかと不安定なんだけどさ、そのかわり新たな生命が誕生する可能性があるんだよ。音楽なんかも、それとおなじ。リスボンのファドとか、ブエノスアイレスのタンゴとか。もちろんニューオーリンズのジャズも。どれも生まれたのは、文化と文化が混ざりあう港町だろ」

「ぶつかりあうとなにかが生まれるんなら、戦争でもなにか生まれるのか？」

「いや、あれはばかがばかにばかな規則を押しつけるんだ。なにからなにまでがんじがらめ。はみだしものの居場所は消えてなくなる。それじゃなんにも生まれてきやしないよ。愛国心をあおる退屈なネオ軍歌がはびこるだけさ」

「おめえら人間てのはめんどくせえもんだな」

といってワンは皿をなめる。おれは溜息《ためいき》をついた。

「せめて店にピアノかギターがあればよかったんだがな。そしたら一曲歌って金を返せるのに」

「楽器ならレジの後ろに法螺貝《ほらがい》が飾ってあるだろ」

「おれは歌手だぞ。法螺貝じゃ弾き語りができない」

「昔のジャズミュージシャンみてえに吹き語りってのはどうだい」

「そっち向きじゃないのは、おれの衣装を見ればわかるよな？」

「あ、この衣装のことか？」

「とかいって、さりげなく手を拭くな！」

洗いかけのお椀《わん》に蛇口の水がはね、マントがぐっしょりと濡《ぬ》れた。最悪の気分だ。逃げる気になれば逃げられたかもしれない。だが金がないのだ。逃げたところでどこへも行けない。店の金を盗んで逃げることもできただろうが、それでは本物のおたずねものになってしまう。


皿を洗って八週間、リー店長に大使館の職員が来店すると告げられた。おれたちに会いに来てくれるのだという。

「ゼニー、やったな。おれの巧みなチャイニーズ交渉術が、空手の三年殺しみてえに、じわじわ効いてきたにちがいねえ！」

「なんでじわじわ効かせたのかわからんが、でかした！」

これでようやく日本へ帰れる。大使館を通して送り届けてもらえるのだ。期待に胸をふくらませ当日をむかえた。

おれとワンは店のテーブルにつくのをゆるされた。格子《こうし》状の仕切りで分けられた個室のいちばん奥。壊れて装飾がななめになっているが、この店でいちばん上等な席だ。朱塗りの円柱の陰からのぞいてみると、すでに見知らぬ男が座っていた。墨のようなひげを生やし、つやつやした顔に赤い照明を反射させている。なぜだかモンゴルの民族衣装らしきものを身にまとっていた。ぴったりとした帽子はてっぺんが尖《とが》り、カラフルにデコレートされた玉葱《たまねぎ》のよう。伝統的な模様の縫いつけられた青いバスローブ状の服、そしてズボンの裾《すそ》はつま先の反りかえったブーツに丁寧にたくしこまれている。となりの席に立てかけてあるのは馬頭琴だろう。長い棹《さお》の先端に馬のあたまの彫刻がほどこされたモンゴルの弦楽器だ。

「ゼニーの衣装も顔負けだな」

ワンがおれにいった。

「いや。まあ。たしかに負けかも……」

「それにしてもなんかにおうぞ。いやな予感がぷんぷんしやがる」

「助けに来てくれたんだから、失礼なこというんじゃないぞ」

男は立ちあがってぎゅっと握手を交わし、おれたちを熱烈に歓迎した。その立ち居ふるまいや口調から、どうも日本人ではないらしかった。

「わし？　モンゴル人よ？　なんでよ？」

耳慣れない抑揚、しかもかなりの大声だ。

「日本大使館から来てくれたんじゃなかったんですか？」

というと、かれは急に声を潜めて「しぃーっ！」と口のまえに人差し指を立てた。

あまりにきつく指を押しつけるので豚鼻になる。そしてにっこりと目を細め、顔をくしゃっとさせた。

「モンゴルいいとこ、帰っておいで。馬とテントで歓迎よ！」

男は豚鼻のまま声を張りあげた。なんで指を立ててそんなことをいうのかわからなかった。おれはちょっと失礼してワンに向きなおった。

「なぜこうなるんだ、ワン？」

「おかしいな。どこでまちがえたんだろう……」

ワンは腕組みして考えこむ。男が口をはさんだ。

「あなたとあなた、日本語お上手ね？」

「ええ、まあ日本人ですので」

「おや、たまげたね。こりゃまいったよ！　わし、てっきりモンゴル人とおもってた。

でもいいよ。わし、あなたとあなた、気に入ったよ。今日は、わしの奢《おご》り。たらふく食べて、元気つけるよ！」

とにかくおれたち三人は食事を楽しんだ。しきりに箸をうごかしながら、かれは日本大使館へ取り次ぐことを約束してくれた。男は豪気にじゃんじゃん料理を注文した。おかげでおれもワンもひさしぶりの満腹だ。あらかたたいらげたところで男は馬頭琴を指さし、

「これ、わしのとっても大事なお荷物よ。にっくき中国、泥棒多いよ。ちょいトイレ行くから、見張っててちょうだいよ！」

といって席をはずした。テーブルに積みあがった食器。これもおれたちが洗うのだ。それでもただでまともな飯にありつけてうれしかった。ワンの眠たそうな顔に満足げな笑みが浮かんでいた。きっとおれもおなじ顔をしているのだろう。

男がトイレからもどらず三十分ほどがたった。

「やけに遅くないか？」

おれがいうと、ワンは目をこすりながら、

「うーん。こいつはひょっとすると、食い逃げってやつじゃねえのか？」

「でも、大事な馬頭琴が――」

「そんな貴重な物を置いて消えるはずねえっていう目眩《めくら》ましだろうな」

肩を怒らせ向こうからやって来るリー店長の姿に、おれもワンもすっかり眠気が吹き飛んでしまった。

3

窓拭きとトイレ掃除が日課に加わり、おれたちはへとへとだった。すっかり疲れて下宿部屋の固いベッドにたおれこむと、ワンが意外なことをいった。

「ゼニー、こいつはチャンスだ。馬頭琴なら弾き語りできるだろ。それでもって得意のレパートリーをぶちかましてやれよ。そしたらリー店長もおれたちが単なる旅行客じゃねえってのがわかるはずさ」

「なるほど。そいつは名案だな」

たしかに馬頭琴なら歌声も披露できる。おれの正体が凄腕《すごうで》の人気歌手だと判明すれば、あたまをさげてすぐに解放してくれるにちがいない。是非とも店のホールで演奏会をひらき、みんなをあっといわせてやりたいとおもった。おれは雑用の合間をぬい、練習をはじめた。だが馬頭琴を弾くのは、おもいのほか難しかった。

「どうもこつがつかめんな」

「店長にうるせえへたくそって罵倒《ばとう》されたな。馬頭琴だけによ。くっくっくっく」

「ちっともおもしろくないぞ。なんとしてでもおれの実力を見せつけてやるんだ――」


来る日も来る日も練習を重ね、ついに馬頭琴をマスターした。むろん独学の自己流だ。弓のながれにびやんびやんうなる荒馬サウンドを乗りこなすのは並大抵ではなかった。おれのような名実ともにそなわった超一流ミュージシャンでなければ、こうはいかなかっただろう。小窓の外に黄色い落ち葉が舞っているのが見えた。狭いベッドからはみだすように寝転がって演奏を聴いていたワンがいった。

「そんな簡単な曲が弾けるようになるまで、半年もかかるとはおもわなかったぜ」

「おまえが皿をなめてるのがばれて、ぜんぶおれが洗うことになったからな。なかなか時間がとれなかったよ。そのうえ法螺貝をぶおうぶおう吹いて邪魔するし」

「ゼニー、日本で喝采《かっさい》をあびてたのは、おれだったたってこと忘れたのか?」

「太った犬がステージで踊るのがうけてただけだろ。連中は音楽をわかってないんだ」

「わかってたから聴かなかったのかもよ」

ワンのチャイニーズ交渉術は失敗に終わった。店での演奏を渋っていた店長が首を縦にふったのは、おれの懸命な努力の賜物《たまもの》だ。

「ゼニーが自力で仕事をもらったの初めてじゃねえか！」

「おれだってやればできるのさ」

「土下座までして頼むとはおもわなかったぜ。ひざに抱きつき号泣してさ。おれにはとてもまねできねえよ。プライドがゆるさねえ」

「おまえがリー店長の鼻に指をつっこんだせいでハードルが高くなったんだろ」

「おれ、指、短いからべつにいいかとおもって」

「なにが、べつにいいのかさっぱりわからんよ……」

「鼻水で手がぬれて、むしろこっちが怒りてえくらいさ」

「それ、おれのマントで拭いたよな」

なにはともあれ一晩かぎりのチャンスだった。

あちらこちらに客の散見する夕食時、急ごしらえの低いステージを赤いライトがあやしく照らしていた。おれは十八番「オー・ソレ・ミオ」で勝負した。歌詞は英訳。イタリアのカンツォーネだが、アレンジはカリブな香りの（いまはなき）アメリカン。ここまではいつもどおりだが、馬頭琴で拍子を取るのに難儀した。独特のまのびした倍音がやたらと曲者《くせもの》。異国情緒あふれる異次元の音世界なのだ。そいつでシャッフルするリズムを刻むのは至難の業だった。

それでもなんかうまいことできたとおもう。それはなんかうまいとしかいいようがなかった。そういうものってあるものだ。どこかアラブっぽい雰囲気の漂うビブラートがきいていたのは偶然だ。弦を押さえる指がつりそうで震えをコントロールできなかったのだ。過酷な皿洗いで指紋がつるつるになっていたせいもあるかもしれない。客も笑顔で耳をかたむけ、そこそこいいかんじになってきた。心地よく歌い気分ものってきたところ、だしぬけに調子外れな法螺貝がわりこんできた。

「ワン、なにしてるんだ！」

小声で鋭く注意した。だがワンは夢中で吹きつづけ、おれのまえをよこぎる。びやんびやんとぶおうぶおうのせめぎあい。おまけにワンはぶおうぶおうのあいまに「わわわわんわわんわわんぬ」などと、やたらと犬めいたスキャットまで繰り出してきた。そのうえ、よたよたと踊りながらやにわにごーんとチャイナな銅鑼《どら》を打ち鳴らす。客席がざわりとなるのを肌でかんじた。むちゃくちゃだった。店内の空気がぬるりと青く曲がるような、異様な雰囲気が醸《かも》し出された。異国にあって異国っぽいが、その異国がどこなのか見当がつかない。エッジ・エフェクトの不安定さを地でいく変調子。こいつはいったいなんてジャンルだ？　歌い演奏している自分にもわからなかった。これは音楽なのか。音楽として認められるのか。半年の苦労も水の泡。だが不思議なことに、これまで見えなかった世界の地平が目の前で波のように広がっていくのをありありとかんじていた。そうだ、これだ！　とおもった。その反面、いや、これなのか？　ともおもった。なにかが引き裂かれ、ときを同じくして、なにかが結実している感触がした。おれは困惑し、客席にならぶ顔もうまく見ることができなかった――。

意外にもステージは好評だった。二度目三度目の演奏会がゆるされた。評判が評判を呼び、店は連日連夜満員になった。リー店長はおれを皿洗いの仕事から解放してくれた。この調子で店の売り上げをのばしていけば、溜まっていた下宿代も近いうちに返済できそうだ。

おれとワンは練習に励み、レパートリーを増やしていった。いつしかおれたちは、この奇妙な音楽スタイルに惚《ほ》れこんでいた。唯一無二《ゆいいつむに》の魅力があった。もう昔やっていたみたいな、平凡な歌謡曲を歌う気にはなれなかった。本来なら出会うことのなかった文化が混ざりあい、おれたちは独自の音楽を生み出していたのだ。

4

リー店長に頼まれ、おれとワンは赤いペンキで店の外装を塗りかえていた。繁盛《はんじょう》したおかげで改装することになったのだ。壊れていた仕切りを修繕し、テーブルやいすも新調した。清掃業者が来て、隅から隅までぴかぴかに磨きあげていった。おれは夜ごとの盛況なステージがおもいのほか楽しく、しばらくここで働くのも悪くないとおもいはじめていた。日本へ帰るのはもういつでもできる。給料ももらえるようになったし、せっかくだからいくらか稼いでから帰国するのもよさそうだとおもった。

「いったとおりだろ、ゼニー。一歩一歩のぼりつめてるかんじするよな」

「このまま大陸ツアーに出かけたい気分になってきたよ」

煤《すす》けて色あせていた正門がまぶしい朱色に生まれ変わった。飾り窓に施された雲形模様の彫刻が冬の鋭い夕日にくっきりと浮かびあがる。窓ガラス越しにのぞくホールはすでに満席だ。少し塗りのこしがあったが今日はこれくらいにして、おれたちは裏口から店のなかへもどった。

夜の演奏会にそなえて下宿部屋で馬頭琴の調律をしていると、ホールのほうから店長が大声をあげるのがきこえてきた。つづいてガラスのわれる音が。

「どうもふつうじゃないようだぞ？」

おれたちは部屋を出て、ようすを見にいった。

客の悲鳴にあわただしく食器やいすのぶつかりあう音。廊下の陰からホールをうかがうと、ライフル銃を手にした連中が店になだれ込んでくるのが見えた。リー店長が腕を広げて立ちふさがるが、銃床で殴られ床にのびてしまう。武装集団は緑のコートに黒い帽子をかぶっていた。帽子に赤い星の記章をつけており、どうやら中国政府の兵士たちのようだ。入り口が外から封鎖されると客や店員が廊下に押し寄せ、おれもワンも逆流で押しもどされる。

「なんで政府が襲撃してくるんだ？」

「リー店長、死んじまったんじゃねえのか？」

おれは混乱した客に突き飛ばされて転倒した。ふみつけにされサングラスが音を立ててわれる。ワンがなにやら叫んだが騒ぎできき取れない。人の波がすぎ、ようやく顔をあげると、黒いブーツが降ってきて視界がまっ暗に。そのままおれは意識が遠のいた。


気がつくと下宿部屋の床に寝転がっていた。夢でも見ていたのかとおもったが、手足がロープで縛られている。手こずりながら身をおこした。からだのあちこちが痛い。廊下から声が近づき、あけはなたれたドアに兵士が姿を見せた。すぐにワンが部屋に投げこまれ、おれの横に転がる。兵士はなにもいわずに去っていった。

「だいじょうぶか、ワン？」

「トイレの窓に腹がつっかえちまった。ちっとは痩せたとおもったんだがな」

「それはないいな」

ワンも手足を拘束されていた。なぜこんな目にあわなければいけないのか。おれはにわかに日本がなつかしくなった。

「ゼニー、連中はなにがしてえんだ？」

おもいあたることはひとつしかない。

「おれがめきめき頭角をあらわしたのが裏目に出たようだな」

「なんの関係があるってんだよ？」

「熱狂的に支持されているのを中国政府が危険視したにちがいない。大衆への影響力を恐れたんだ――」

「そこまで人気じゃねえだろ。妄想ひどすぎだぞ」

一人の兵士がバッグを担《かつ》いで部屋に入ってきた。肩章《けんしょう》の星の数が多く、どこか余裕のあるたたずまいから、士官クラスの人物のように見えた。男は重そうなバッグを床に置き、おれたちの顔をかわるがわるながめた。ワンが鼻をひくつかせる。

「におうな。なんだかものすごくにおう」

「むだに怒らせるようなことというなよ――」

男のつやつやとした顔を見て、おれははっとした。服こそちがうが、まえにモンゴル大使館からやって来た、あの男だったのだ。

「あれ、モンゴルの人？」

「そうだ、例の食い逃げ野郎じゃねえか！」

モンゴル人は「しぃーっ！」と人差し指で豚鼻を作った。

「助けに来てくれたのか？　でもなんで？」

「わたしは日本人です。モンゴル人というのは嘘《うそ》です」

「日本人？」

「しぃーっ！」豚鼻がくしゃりとなる。「あなたがたは日本国籍のかたでしたね。どうか日本政府にご協力ください」

男はがたつくいすに座って話をした。なんでもかれは日本国防軍の特殊工作員であり、とある爆殺計画の実行役をまかされているのだという。

「爆殺って、いったいだれを狙《ねら》ってるんです？」

男の目つきが鋭くなる。

「あなたです」

「え、おれ？　なんでおれ？」

意味がわからない。ワンが口をはさんだ。

「ちょっと待ってくれ。それっておれもか？」

「あなたもです。犬もいっしょのほうが、より悲劇的で効果があがりますので」

「なんだよそれ。ふざけんなよ」

「おい、ワン。おれだけなら死んでもいいっていうのかよ？」

「そういうわけじゃねえが――」

喧嘩《けんか》がはじまりそうなところを男がおしとどめた。

「おふたりともどうかご安心ください。ちょっとした言葉のあやのようなものでして。

日本を守るべきわれわれが、日本人に危害を加えるなどということは断じてありえないことです。いわばその、カムフラージュというやつでして。あくまで爆殺したふりをするだけといいますか——」

ほんとうに殺すわけではないということだろうか。

「とかいいつつ、リー店長を殺したんじゃねえのか？」

ワンが男をにらんでいった。

「そんな危険なまねはしていません。犠牲者に中国人が混ざっていると計画に狂いが生じますからね。死者は日本人だけというのが重要なのです」

「でも、なんでおれたちが殺されなきゃいけないんです？」

いちおうきいてはみたが、どうも悪い予感しかなかった。

「日本人ならだれでもよいのです。中国当局を装《よそお》い日本の民間人を殺害することで、中国への国際的な批難を生み出すのが目的ですから。そうして世界から孤立させ、経済大国としての地位を失墜させれば、わが国が再びアジアの覇者へと返り咲く展望がひらけてくるというわけです」

あまりに発想が単純すぎて、おれは顎《あご》がはずれそうになった。

「でも……、なぜそんなことをするんです？」

男は質問にはこたえず、

「あなたがたのやっている音楽。あれはユニークですな」

おれは褒められてちょっと気をよくした。

「おれたちの音楽は唯一無二ですからね」

「まさにおっしゃるとおりです。馬頭琴はモンゴル。法螺貝は古代インド由来でしょうな。ナポリの歌謡曲に英詩をのせたイッツ・ナウ・オア・ネヴァー。ラテンな味のアメリカンなリズムで小粋にシャッフル。遠吠《とおぼ》えめいたジャズ的スキャットもあれば、中国風味の銅鑼もあり。さらにはところどころにアラブな節回しまでかんじました。じつに全世界的——。でもってそれを演奏しているのが犬と日本人ときたわけだ。これはもう完全にわけがわかりません」

「ずいぶん詳しいんですね」

「わたしは音楽プロデューサーもやっていますので」

「え、そうなんですか？」

おれとワンは目をまるくした。

「音楽というものはきわめて利用価値が高いのです」

「えっと、おれたち日本に帰れるんですよね？　日本のみんなにも演奏を聴かせてやりたいんですけど」

　おれたちの音を理解してくれるのなら、きっと悪いようにはされないとおもった。だが、特殊工作員の男はまるで表情を変えない。

「残念ですが、日本ではうけませんね」

「まさか。おれたちみたいな音は、まだだれも聴いたことがないんですよ？」

「聴いたことのないものなど、わが国の国民は求めていません。いまの流行は紋切り型の国威発揚ソングです。それも日本的な美をこれみよがしに織りこんだ。なので、この手の混ざり物はさっぱりですな」

「でもおれ、もともと日本のスター歌手なんですがね？」

「スター？」

「そう。超有名で超人気」

「これまでどういった活動を？」

「公民館とか、デパートの屋上とかがメインです……」

「うーむ。あいにくあなたのことは存じませんが、日本で実績があるならいよいよ好都合だ。よろしい。ただの観光客ではないというわけか。いや、じつに興味深い」

「そういわれると照れますね」

「音楽プロデューサーとして、決して悪いようにはしないとお約束しましょう。ですのでどうか作戦にご協力をお願いします。いまのところこのまま監禁されているふりをしていてください。そのほうが安全なのです。ここでへたな動きを見せれば、それこそ本物の中国政府がなにをしでかすかわかったものではありませんからね。なあに、いましばらくの辛抱です。国のために血を流せるなんて、いやはやまったくもって美しい。じつにうらやましいかぎりです――」

「おい。いま、血を流すっていったぞ？」

ワンが声を荒らげる。

「どうか誤解なさらずに。あくまで単なる専門用語ですので」

「そんなのきいたことねえっての！」

「特殊工作員が使う暗号ですよ。ともあれ日本の偉大な音楽家が殺害されたとなれば、一気に宣戦布告も視野に入りそうですな。いや、じつにすばらしい」

中国と勝負になるとおもってるなんて、こいつは末期的なばかじゃねえのかとワンは耳打ちした。いや、勝ち負けにかかわらず戦争って時点で末期的なばかだ。いったいどうしたものか。困惑気味におれはいった。

「あのぅ。やっぱおれ、そこまでの人気はないかもしれないんですけど？」

「今回の事件で歴史に名が刻まれることになるでしょう。あっというまに人気に火がつきますよ」

「ただのカムフラージュなんですよね？」

まぬけな計画に加担したくはないが、とにかく無事に解放されたかった。

「ええ、もちろん偽装です」

おれはほっと息をつく。だが爆殺を偽装することではなく、中国のしわざに見せかけることをいっているのではないかという気がしなくもない。

「ほんとに殺さない？」

「親身によりそってまいりますよ」

ワンが訝《いぶか》しげな顔を見せた。

「安っぽい言葉だな。口だけなんじゃねえのか？」

「なにをおっしゃいますやら。われわれ日本政府には全力を挙げてよりそう覚悟ができております。それはもう息もできなくなるほどぴったりと、食らいついたら離れない意気込みでよりそいます。なにがあろうとぜったいに逃がしやしません」

ワンは横目でおれを見る。おれは男にきいた。

「えっと、このロープはいつほどいてくれるんです？」

「ご安心ください。あとほんの少しの辛抱です。作戦を完遂するには、細部の細部まで本物らしさを追求する必要がありますからね。なあに。放っておいても、じきにほどけますよ。アジアの解放はもはや目と鼻の先。秒読みの段階に入っています。どうぞわれわれにすべてをおまかせください。ご協力感謝します――」

　男はゆっくりと腰をあげた。

「どこへ行くんです？」

「トイレです。荷物はここに置かせてください」

　こちらがなにもいうまもなく、そそくさと部屋をあとにした。おれとワンはしばらく無言で顔を見あわせた。

「どうもにおうな。いやな予感がぷんぷんしやがる」

　ワンが静かな声でいった。

「おれもだよ。なんだか……火薬のにおいがするんだ」

　壁際でばちばち音を立てている線に気づいた。

「ありゃなんだい、ゼニー？」

「まずいぞ。人気より先に導火線に火がついたみたいだ――」

　導火線は男が置いていったバッグにつながっていた。

「本気で爆殺するつもりだったんだな、トイレの長い下痢便野郎め！」

「おい、ワン。どうするよ？」

「そんなの知るわけねえだろ！」

「そうだ、おまえのおしっこで消火するってのはどうだ？」

「おれを侮辱してんのか！」

「そんな場合じゃないだろ」

「なら、ゼニーがやればいいじゃねえか？」

「おれは服着てるから小便が飛ばない」

「なんだよもう、あたまにくるぜ！」

ワンはからだを横にひねって小便をした。

「おい、どっち向いてるんだ！」

「すまねえ。ロープが――ロープがいけねえんだ」

「マントがびしゃびしゃじゃないか……」

おまけに火は消えてない。

「ゼニー、マントの出番だ。そいつでくるめて火を消すんだ！」

「もう小便は出ないのか？」

「ぜんぶマントに出しちまったよ」

「ちくしょう、あたまにきた！」

おれはからだをひねり、ばちばちうなる導火線のうえを転げまわった。

「いい調子だ、ゼニー！」

「いや、だめだ。消えない。ワン、ロープをかじってくれ」

ごろごろ転がり、手首をワンの口もとに持っていった。

「もうちょい右だっての。あ、左。上、行きすぎ」

「痛っ！　でかい犬に手をかまれた！　手じゃなくてロープをかじってくれよ！」

「待てよ。おれは飼い犬なんかじゃねえぞ？」

「でかい犬っていったんだ」

両手の拘束が解放され、せいせいした。足をほどき、ワンの拘束も解いてやる。

「逃げるぞ、ワン」

「火を消したほうが早くねえか？」

「爆発で死んだとおもわせないと、連中が追いかけてくるかもしれないだろ」

おれとワンは馬頭琴と法螺貝を抱きしめ裏口から飛び出した。夜の路地を冷たい風が吹きすぎていく。表通りからは群衆のざわめきがきこえていた。

「ちょっと待ってくれ——」

　おれは立ち止まり、店に引き返した。

「どうしたんだよ、ゼニー?」

「戦争を止めるんだ——」

　裏口のドアの外に置きっぱなしだったペンキの缶を手に取り、おれは朱色の刷毛《はけ》を路面に走らせた。レストランを指したおおきな矢印、そして〝犯人は日本人〟とのメッセージを描く。

「おい、いまさら食い逃げを自首するのか? 路上に犯行声明文なんて大胆にもほどがあるぞ?」

「爆弾を仕掛けた黒幕のことに決まってるだろ」

　これで国際的な誤解が避けられる。

「いそげ!」

　湿ったマントをひるがえし、おれはワンとともに路地の奥へとかけこんだ。背後でおおきな爆発音がし、繁華街の夜空が赤く染まるのが見えた。

　おれたちは痩せた駱駝《らくだ》の背中にゆられてゴビ砂漠をさまよっていた。足音をききつけ岩陰に身を隠す砂色の小さなトカゲ。風に吹かれて模様を変える砂上の風紋。馬頭琴と法螺貝の演奏で食事にありつき、気のいい遊牧民たちから帽子や駱駝をゆずりうけたりもした。

きいた話によれば、日本は中国政府に日本人歌手が拉致《らち》されたと主張したらしい。爆発現場のレストランから遺体が見つからなかったため、路線を変更せざるをえなかったようだ。だが、現場におれがいたという痕跡《こんせき》がない。過酷な皿洗いでほんとうに指紋がなくなっていたせいだろう。中国政府は不当な言いがかりだとして日本の主張を退け、まっこうから意見が対立した。けっきょくのところ日本は宣戦布告をしなかった。中国がした。日本が中国政府を装って騒ぎを仕組んだことが露見したのだ。国際的な批難を受けて日本は孤立した。問題の特殊工作員は行方知れず。かれが本物の軍人かどうか定かではないとの見方もあるようだが、その見解の出所もどうもあやしいらしい。いずれにせよ戦争になってしまった。あの路上のメッセージがいけなかったのだろうか。そうでなくてもこうなったのか。おれはつくづく気分が重かった。

「その尖った帽子だと派手な衣装も違和感ねえな。むしろすっかり溶けこんでるよ」

ワンがなぐさめるようにいった。おれもワンも日本へ帰るのは気がすすまなかった。おれたちの音楽は到底うけいれられないという予感があった。いまさら帰っても居場所はないだろう。いや、いまおもえばもともと居場所などなかったのだ。だがどこへ行けばいいのか。おれたちはまるでわからなかった——。

ヘルメット・オブ・アイアン

1

夕刻、タクシーに乗りこみ行き先を告げた。

「ラクヨーまで頼む」

車はなめらかに発進し、ビルや公園、行きかう人びとが背後に流れてゆく。おれはひどく疲れていた。ここから逃げ出したかった。いつのころからか、この世界に違和感をかんじるようになっていた。きっとまちがった時代のまちがった場所に生まれてきてしまったのだ。だからといってどうすることもできない。いっそ仙人にでもなって、どこか人里離れた山奥でひっそりとした生活を送りたかった。

これからは人間らしい暮らしがしたい――。

杜子春《とししゅん》だ。かれがそういっていた。杜子春のことは杜子春という本に詳しく書かれてあるのだが、おれはその杜子春て本を読んで、杜子春のやり口をまねようとおもった。あの本のとおりにやれば静かな暮らしが手に入る。そうおもった。

つまり、こうだ。

トーの都、ラクヨーの西の門でひとりさびしく杜子春が「お金もないし、いっそ死のうかしら」と世をはかなんでいると、鉄冠子《てつかんし》という仙人がやってくる。で、一度や二度は金持ちにしてくれるが、つい贅沢《ぜいたく》をしてしまい、すぐまた貧乏に。でもって「金のあるなしで態度を変える人間たちには愛想がつきたんで弟子にしてください」と申し出ると、ガビ山《さん》というところへ連れていかれ、仙人になれるかどうか試されるのだ。「なにがあっても声をあげずにこの崖《がけ》で待っていろ」と。めちゃくちゃ怖い目にあうけど、そこはがまん。で、最後に地獄で鬼たちに両親がいたぶられてるのを目《ま》の当たりにし「もーだめ。こんなの見てられないよっ！」みたいな声をもらせば万事OK。仙人になるのはあきらめ「やっぱり人間らしい暮らしがしたいです」と猛省。そしたら「いいねいいね、それってよいこころがけだね。殊勝だね」ってほめられ、タイ山《ざん》てとこにある長閑《のどか》で素敵に風光明媚《めいび》な一軒家がもらえるのだ。

どうだい博学だろう？　こんな簡単にいい家を手に入れる方法があるなんて、余人はおもいもよらないのではないか。なにしろおれは文学に心得がある。著作権の消えた小説をてきとうに見繕って売りさばく仕事をしていたのだ。それもいまはくびになったが。

それにしても「人間の世界にいては人間らしい暮らしができない」というのも皮肉な話だ。「人の世が住みにくいからといって、人でなしの国へ行ったらもっと住みにくかろう」などとふざけたことをいってる男もいたな。正直、杜子春のいってることもちょっとおかしい。だって両親そろって地獄にいるわけだ。それならけっこうな人でなしだったにちがいない。そんな親がいたぶられても、おもわず声がもれたりはしないような気もする。

まあ、かくいうおれも貧乏人のせがれ。親の借金にはずいぶん苦しめられていた。やむにやまれぬ借金ではない。父母ともに、ろくに働きもせず遊びほうけて散財したのだ。なんたる懶惰《らんだ》者だろう。最後は二人して、よその家にあった金の仏像を盗んできて「死んでも死にたくない！」と叫びながら車にはねられて死んだ。おかげですべての借金はおれの負担に。どこへ行っても借金取りに追い回される始末。結句、額に釈迦《しゃか》の入れ墨をした借金取りが会社へやってきて「金が払えないのなら——」といって社長の両足をへし折ってしまった。額の釈迦が馬に乗っていたのが、なぜだか印象にのこっている。もちろんおれは即解雇だ。そのときつくづくかんじたのは、人はだれも人を助けないということだった。借金取りの連中はまだおれをつけ狙《ねら》っている。だからこそいっそうおれは山奥に逃げこみたかった。

「つきましたぜ、旦那《だんな》」

運転手の声でおれは目が覚めた。ついうとうとしていたらしい。ラクヨーの門には夕日がさしていた。案外早く到着したものだ。すっかり眠りこけて丸一日たったのかもしれない。いや、もしかすると朝日か。西の門ではなく東の門かも——とおもったが、やはり西の門でまちがいない。黄砂で霞《かすみ》がかった三日月を背に、気のはやいコウモリが二、三匹宙を舞っていた。

ミラーごしにおれの顔を見つめる運転手に気づき、会社の名刺を渡した。

「つけにしておいてくれ」

すでに辞めた会社だ。ロシア人の運転手（ダッシュボードにヴィクトルとかいうキリル文字っぽい乗務員証が見えた）は名刺とおれをかわるがわるながめ、なにか言葉をのみこみ去っていった。

おれはさっそく壁に背をもたせて夕空を見あげた。ああ、日は暮れるし腹はへるし、いっそ川へ身投げしようかなあ——と嘆き、そっとあたりをうかがう。するとすぐに黒いアイパッチをした老人が姿を見せた。鉄冠子だ。老人はおれのまえで足を止め、じっと顔をのぞきこんでいった。

「おまえはなにを考えているのだ」

「わたしですか。寝るところもないのでどうしたものかと考えているのです」

老人はなにか考えているようすだったが、またおれの顔を見ながらいった。

「おまえはなにを考えているのだ」

「えっと、今夜どうしたものかなあと……」

「おまえはなにを考えているのだ」

耳が遠いのだろうか。きゅうに演技をするのがめんどくさくなった。

「だからなんていうかそのうまいことやって、一生楽して暮らしたいなあなんてことをおもってたりするんですけど？」

老人はしばらくなにか考えるようにした。よけいなことをいってしまったとおれは心配になった。やがて老人は顔をあげた。

「そうか。それはかわいそうだな。それならいいことを教えてやろう」

よかった。よくきこえてなかったみたいだ。おれはいてもたってもいられなくなり、老人の言葉をさえぎった。

「いえ、いいです。穴を掘れば黄金が埋まってるっていうんでしょ。そのへんは省略してかまいません。人間たちのあさましさにはうんざりしてますから。それより先へ進みましょう。どうか弟子にしてください。隠してはいけません。あなたは仙人なのでしょう?」

あ、でもいったん金銀財宝を手に入れて、それで借金を返済してからにすればよかったかもとおもったが、老人はすぐに、

「いかにも。わしはマウント・ガビに棲《す》んでいる鉄冠子、通称ヘルメット・オブ・アイアンという仙人じゃ。よし、おまえを弟子にしてやろう」

「話が早くて助かります!」

おれはうれしさのあまり地面にひれ伏し平身低頭、しゃちほこのように体を反りかえらせた。

「いや、助かったのはわしのほうじゃ。金持ちになってまた貧乏になるという一連のシークエンスは、カンタン社のVR——ヴァーチャル・リアリティ(仮想現実)を使っているのじゃがな、あれはあれで案外手間でな、粥《かゆ》も炊《た》けないほどの短いプログラムでも莫大《ばくだい》な予算がかかるのじゃよ」

「ていうか、やっぱり語尾が、じゃ、なんですね!」

「そうじゃ」

「でも、ヘルメット・オブ・アイアンておかしくないですか。それって〝鉄冠〟じゃなくて〝鉄兜《てつかぶと》〟ですよね。ま、どっちにしろ、あたまかたそうですね!」

調子に乗っていいすぎたかも。老人はしょんぼりとした顔つきになる。ハリウッドで杜子春を映画化するオファーがきたときに名前をアメリカンなかんじに変えさせられたんだけど、いつのまにか立ち消えになったんだよね、とにかく行くの行かないのという話になって、行きます行きますと返事してマウント・ガビに連れていってもらうことになった。

ヘルメット・オブ・アイアンとおれは落ちていた竹杖《たけづえ》にまたがり、びゅーんと空を飛んだ。やはりほんものの仙人だと感心した。正直、竹杖でけつが痛かったが、そこはがまんだ。

ほどなくしてガビに到着した。本にあったとおり、人跡の絶えた絶壁だった。

「じゃ、マウント・コンロンのウェスタン・キング・マザーさん（きっと西王母《せいおうぼ》のことだろう）に仙人許可証を発行してもらってくるから待っておるがよい。無論わかっているとはおもうが、なにがあっても決して声を出すのではないぞ。それくらいでないと仙人にはなれんからな」

「了解。命をなくしても黙ってみせますよ！」

と威勢よく親指を立て、あ、しまった、これって返事をするのもだめっていうパターンかなとあせって、アイアンさんの顔をうかがった。だがこれといった変化は見られない。セーフだったらしい。あぶないところだ。もっと気をつけねば。

アイアンさんは、わしだってほんとうはけつが痛いのじゃといいながら竹杖に乗って飛び去っていった。

案の定、すぐに虎《とら》とか蛇とか雷とかがあらわれたけど、どうということはない。これだってカンタン社のVRなのだ。魔物なんて簡単に出せてしまう技術に感嘆し、なかなか真に迫っていて肝胆がぞっとしたけど、しょせんはどれも邯鄲《かんたん》の夢。怖くもなんともありはしない。おれは眉毛《まゆげ》も鼻毛もうごかさずにやりすごした。それでとうとう金の鎧《よろい》でおしゃれした神将というそこそこ手強《てごわ》そうなやつがあらわれて、

「おれがこんなにあれこれいってるのになにもいってくれないなんてつらい」

といった意味のことをいって、めそめそ泣きながら、おれを三叉《みつまた》の戟《ほこ》で突き殺した。やったね。死んだおれは氷のような風に吹かれて漂い地獄行きってわけだ。そろそろ山場にさしかかってきたぞ。

「さあ、お目をさましなさい」

との声が響いてきた。出たな、閻魔《えんま》大王。とおもって目をあければ——あれ、お釈迦様じゃないか。想像していたのとまるでちがった柔和な顔がのぞきこんでいたのでおれはあっけにとられた。

あたりを見回してみれば、長閑でうつくしい蓮池《はすいけ》のほとり。翡翠《ひすい》のような色をした蓮の葉に玉のように白い蓮の花。きれいなお召し物に身を包んだ老若男女《ろうにゃくなんにょ》がほほえみながらのんびりあちらこちらにたたずんでいる。ほどよくきこえる歌声はさしずめ迦陵頻伽《かりょうびんが》だろう。とするとおれは地獄ではなく極楽へきてしまったのか？　なな、なんでえええええ——とおもったが、考えてみればおれは現世でとってもよい子なおりこうさんだった。そんなおれが死んだからといって地獄へ行くわけがないのだ。なんてこった。とんだ計算ちがい。ちょっと予定が狂ってきたぞ。

おれはお釈迦様の顔を見てうっかり声をもらしそうになった。額に借金取りの入れ墨がしてあったのだ。極楽にまで金の取り立てが来たのかと勘違いし、少しく驚いた。まったくどういう趣味をしているのやら。

「あのような崖っぷちでなにをしていたのです？」

お釈迦様が親身で心配そうなまなざしでたずねるので、おもわずふつうにこたえそうになった。だがこれこそが罠《わな》。ここでしゃべったら最後。すべてが水の泡だ。その手にはのるものか。とおもったけど、でもこのまま極楽に住まわせてもらえるというのならそれはそれでいいんじゃないかともおもった。とおもったものの、だけどこれってやっぱりカンタン社のＶＲなんじゃないのか。そしたらつまり偽《にせ》の極楽ってことだよね。それじゃ意味ないよね。とおもったりもしたのだが、でもだけどもしそうじゃなくて、ほんとうの極楽だったらどうだろう。あるいはたとえＶＲであっても、ずっとこのままこの世界で暮らしていくのだとしたら、それがＶＲかどうかなんて、実際関係ないんじゃないかともおもった。だって永遠にこの世界のなかで暮らして死んでいくのなら、この世界こそが現実世界と同じように機能するわけなのだから。そのなかでいくらこの世界はまやかしだと叫んでみてもやはり意味がない。と考えてだんだんわけがわからなくなってきた。

「おい。せがれじゃねーか？」

との声にふりかえれば、おれの両親がそこにいた。おれはおもわず声をあげそうになった。きらびやかで品のある着物姿でカクテル片手に蓮池のほとりを逍遥《しょうよう》していたらしい。

「いやあ、ひさしぶりだなあ。いまいくら持ってる？」

おれの父親がなれなれしげに肩に腕を回してきた。母親がにやりとカクテルをすする。

「正直にいいなさいよ。なにしろここは極楽。嘘《うそ》つき者はいられない場所なんだからね」

なんでこいつらがここにいるのだ。おかしいじゃないか。借金まみれで豪遊して金の仏像を盗んだ二人だぞ。まったく納得がいかない。おれは黙って空の財布を二人に渡し、どうしたものかと蓮池に視線を落とした。

すると水面がごぼごぼとわきたち、

「クモオー!」

という胴間声とともに池から黒くうごめく巨大な生命体が姿をあらわした。ぎらついた目と目と目と目。器用な角度で折れ曲がったメカニカルな足と足と足と足。象ほどもある大きな大きな大蜘蛛《おおぐも》だ。極楽の地面がぐらりとゆれた。つづいて閻魔大王の声が蓮池の底から鳴り響いてくる。

「その二人はたしかに人を殺さなかったり、家に火をつけたりしなかった善人だ。だがたった一度だけ蜘蛛を殺したことがある。蜘蛛だって小さいながらに命あるもの。そんな命を奪った二人に復讐《ふくしゅう》をするのだ!」

「おー、逆カンダタ!」

とおれの両親は叫ぶまもなく蜘蛛の尻《しり》から放たれた図太い糸に足を搦《から》めとられた。カクテルグラスが割れ、水中に引きずりこまれる父と母。

「きゃ、助けて」

「なんとかしろ、この莫迦息子《ばか》」

周章狼狽《しゅうしょうろうばい》する両親の姿に、あ、もしかしてここが声をあげるタイミングなのかなとおれはおもった。でも、いまひとつ感動的な要素が希薄だ。なんか腑《ふ》に落ちない気持ちのほうが強くて、どうしたものかと考えあぐねていたら、

「えい」

父親がおれの足をつかんだ。おい、なにをするんだふざけるなといいたかったがあいにく声を出せない。いっしょに引きずりこまれ、蓮池に首までつかって溺《おぼ》れそうになる。おれは近くを通りかかった極楽の住人に手をのばし、助けを請《こ》うた。助けてくれとは口に出していえないが、捨てられた子犬みたいに潤《うる》んだ目とこの状況で助けてもらいたいことはだれが見たってあきらかだ。だがゆったりとした白装束の極楽善人男は、あ、いけないとばかりにその腐ったカレーパンみたいな顔をそむけ、調子外れな口笛を吹いた。まるでなにも見なかったかのように。こいつはだめだとおもい、おれはそのとなりの善人女に子犬目線を送る。女もまた視線をそらし、ぴーひょろりと口笛を吹く。そのとなり、そのまたとなりも同様だ。だれもかれもが見て見ぬふり。ひょろひょろとした口笛を吹き鳴らしながら足早に蓮池から遠ざかっていくではないか。やっかいごとにはかかわらない主義らしい。気がつけば極楽は極楽男女たちの口

笛オーケストラが耳を聾《ろう》せんばかりのうなり声をあげていた。ひとりぐらい手をさしのべてくれるやつはいないのかとおもった。だがだれも助けてはくれない。ここが極楽だなんて信じられなかった。偽善者たちで埋めつくされた極楽なんて地獄よりもひどいじゃないか――。

おれの目から涙がこぼれた。

その途端、極楽の雲が烈風に飛ばされたようにかき消え、地面が底抜けになった。善人たちは足場をうしない、いっせいに地獄へまっさかさま。善人たちの雨が降る。

「まーた仕事が増えたぞう……」

閻魔大王の咆哮《ほうこう》のようなため息がきこえてきた。それから蓮根《れんこん》をむしゃむしゃと噛《か》み砕く音。雲をかき消したのが閻魔大王のしわざだったのか、お釈迦様のしわざだったのか、おれにはわからない。もっとわからないのが、おれがいったいなぜ地獄へ落ちるのかということだ。おれの両親が落ちるのは納得だ。それにおれを見殺しにした善人たちだってしかるべくして落ちたという感がある。だがおれはなにをした？　そんなことをかんがえながらおれは落下しつづけていた。

永遠ともおもえる時間落下し、夢ならはやくさめてくれとため息をもらしていたら、目のまえに針の山がせまり、次の瞬間にはあたまに太い針が貫通していた。死ぬほど痛かった。だけど死なないのだ。なぜといえばもう死んでいるから。ただただひたすら痛い。それからすぐに地獄の責め苦フルコースだ。血の池で溺れたり、焔《ほのお》の谷で焼かれたり、氷の海で震えたり。熊鷹《くまたか》に目をつつかれて、毒蛇に脳味噌《のうみそ》を吸われたときにはほんとに死ぬかとおもった。でも死なないのだ。

まあいい。本来こうなる予定だったのだから。一抹の不安は、おれの両親だ。あいつらはいったいどこへいった。あんな身勝手な調子で、どうしたらアイアンさんを感動させることができるだろうか。是が非でも人間らしい人間ドラマで感動させなければ、タイ山の素敵なお家《うち》がもらえない。それが気がかりでしかたなかった。

鬼たちに鉄の鞭《むち》で未練未釈なくうちのめされながら二人の姿を探すと、ちょっと向こうのチクショー・ストリートにかれらの姿を発見した。二人は馬になっていた。が、顔だけは人間のままなので、すぐに両親とわかった。そのユニークな姿形におもわずふきだしそうになったががまんだ。さぞかし大変な目にあっていることだろう——とおもったがようすがおかしい。

馬たちは強靱《きょうじん》なバネのように跳躍し、縦横無尽に地獄を馳《は》せ回っていた。鬼たちは額に汗を流しながら、それをいそいそ追いかける。人面の馬は満面の笑み。のみならず陽気に歌ってダンサブル。

地獄に落ちてかえって水を得た魚のようだった。

それだけではない。息を切らしてようやく追いついた鬼たちを、二人はひとりのこらず返り討ちにした。後ろ足で蹴《け》り飛ばす、無闇矢鱈《むやみやたら》にふみつける、蹄《ひづめ》の角で目《め》潰《つぶ》しをする、頭突きを食らわし喉笛《のどぶえ》を嚙みちぎる——などといった狼藉《ろうぜき》をはたらき、まるで鬼のような所業だった。

「勘弁、勘弁してください！」

鬼たちは苦しそうに身をもだえて土下座した。おれの両親は高笑いしながら、そのあたまを蹄でぎりぎりとふみにじる。肉が裂け、骨も砕け、血の涙を浮かべた鬼に父面の馬は、

「じゃあ今日のところはこれくらいにしといてやるよ。また明日な！」そういいすてて、鬼が安堵《あんど》のため息をもらしたところで「と見せかけて、やる！」と口走り、とうとうその鬼にとどめを刺した。

なんてこった。おれはあまりのことに声が出なかった。絶句した。死なないはずの鬼が死んでしまった。

そのようすを心配そうな顔で見ていた若い子鬼が転《まろ》ぶようにそばへ走りよると、両手に死んだ鬼の骸《むくろ》を抱いて、

「お母さん」

とはらはらと涙を流した。

おれは再度絶句した。人間よりも人間らしかった。おい、これじゃあの子鬼が山奥の素敵な一軒家を手に入れてしまうじゃないか！　なんだかわけがわからなくなってきたぞ……。

「おそれいった。ここまできて一声もあげなかった人間は初めてじゃ。そなたこそ仙人のなかの仙人、キング・オブ・センニンじゃ。わしの負けじゃ。そなたにヘルメット・オブ・ファイア・アイアンという名を授けよう。そう、万物は流転《るてん》するのじゃ」

気がつけばアイアンさんがおれの後ろに立ち、厳《おごそ》かな調子でそうつぶやいていた。

あたりは春の日の夕暮れ。ラクヨーの西の門でおれはぼんやりたたずんでいた。黄砂の空に白い三日月。タクシーで乗りつけたときとなにも変わってなかった。おれは呆《ぼう》然《ぜん》とした声で返事をした。

「いえ、あなたの負けってことはないとおもいますけどね……」

こういうのって勝ち負けとか関係ない気がするし、そのルールもさっぱりわからない。あ、ていうか、ここまでふくめてしゃべってはいけなかったのであって、わしの負けじゃといって油断させるという作戦なのでは——などと穿《うが》った見かたをしてみたものの、もうどうでもいいような気がした。なんだかすっかりいやになっていた。

「というか、なんですかヘルメット・オブ・ファイアって。すごくかっこ悪いです。あたまがつねに、かーっとして怒っているみたいじゃないですか」

アイアンさんはしばらく考えるようにして、それからさも愉快そうな笑みを浮かべて口をひらいた。

「ならばヘルメット・オブ・アイアン2ではどうじゃ？」

ハリウッド映画みたいだ。しかも続篇。いかにも駄作っぽい響き。映画化が立ち消えになったのも無理はないとおもった。

「あとはまかせたのじゃ」

ヘルメット・オブ・アイアン1は竹杖を道ばたに捨て、ラクヨーの賑《にぎ》わう歓楽街のなかへと歩き去っていった。

2

こうしておれは桃源郷を手に入れる機会をのがした。のみならずヘルメット・オブ・アイアン2というまぬけな名前の仙人になってしまった。マウント・ガビはいかにもさびしかった。われわれ仙人は山深い洞窟《どうくつ》がその住居。風光明媚な一軒家などという贅沢はできない。何日も人に会わず暗い洞窟ですごしていると、孤独な原始人にでもなったような気分がした。仙人に義務づけられたぼろ服では、山麓《さんろく》のコンビニエンスストアへも行きづらくて不便だった。

とはいえある意味自由気まま。借金取りもここまで追ってくる心配はない。年がら年中つきまとってくる取り立てから解放され、ようやく自由を手に入れたという実感があった。

が、しかし——。

ガビ暮らしはけっこうハード。虎や蛇に悩まされた。あれはVRのなかだけではなかったのだ。いたるところに猛獣がいて、かたときも油断できなかった。うっかりすればだんだらもようの虎にあたまを噛みつかれたり、夜半息苦しくて目が覚めると、だんだらの蛇にのどを絞めつけられていたりなどした。おれは日夜おびえながら暮らした。

ときには神将がやってくることもあった。かれもまた現実にガビ山を住まいとしていた。神将はおれの洞窟を訪れるたびに、金の鎧ばかりでなく、プラチナの鎧やレアメタルの鎧などの着こなしを自慢し、

「どう、おれっておしゃれじゃない。おれってクールだよね？」

などとポーズをとり、こちらが感に堪えないようすで褒めちぎらないと決して帰ろうとしなかった。じつにめんどくさかった。

人間たちも煩《わずら》わしかった。どこからききつけたのか田舎者たちがアイアン2さんアイアン2さんといってまとわりつき、農作物のしなびたキュウリの見返りになにか具体的な金品をせがむのだ。また、仙人志願のほうけた顔をした男が松にのぼって両手を離すから見ていてくださいといってきたり、都会に辟易《へきえき》した田舎生まれの都会人が山峡暮らしの参考にしたいので是非とも講演をしていただきたいなどと依頼してきたりして、じつにめんどくさかった。

そのうえどこにひそんでいたのか、近所の洞窟に棲む古参の仙人たちが縄張りを主張して、なにかとクレームをつけてくる。アイアンさんの名前をもらうなんてずるいよな、おかげでこっちは商売あがったりだ、この際だから隣人のよしみでヘルメット・オブ・アイアン3と名乗ってもいいかい？　わしは4にするよ、ならわしは13、それならわしは666、わしは20Xがいいな、よし、みんなで聖林《ハリウッド》に売り込みひともうけしよう、いやわしとしては紐育《ニューヨーク》のブロードウェイで歌って踊れるミュージカルにするのがおすすめじゃ、いやいや歌と踊りならボリウッドじゃろう、などとおれの洞窟のまえで大争論。しまいには、ていうかアイアン2って名前負けしてない？　してるよね、その名前、返上すべきだよねなどといいがかり。おれの洞窟に珪藻土《けいそうど》でつくったダイナマイトを仕掛けて天井を崩落させたり、寝床に虎の糞《ふん》を投げ入れたりといったいやがらせが連日連夜つづいた。

そうしたなかでもいちばん手を焼かされたのが武人だ。

朝まだき、睡眠不足で心身ともに困憊《こんぱい》して夢と現実の境をうつらうつらとさまよっていると、遠くからおれを呼ぶ声がきこえてきた。

「ヘエエエイ、センニーン……」

はじめはまどろみの底から吹いてくるほのかな風のように鼓膜をなでるだけだったのだが、近づいてくるにつれ、ただならぬ殺気がかんじられるようになった。

「ヘエエエエエイ、センニーン！」

洞窟の入り口までせまると、その濁っていると同時に澄んでいるような大音声《だいおんじょう》で四辺の壁を小刻みにゆるがした。やっかいごとになりそうな気配だ。おれはあわててぼろをまとい、山の裏手へ逃げる算段をした。洞窟をぬければすぐに反対側に出られるが、外側からでは一山も二山も越えねばならない。いい時間稼ぎになる。

岩陰のあいだからナキウサギのようにちょこんと顔を出すと、早朝、裏ガビの岩山はしんと静まりかえり、物のうごく気配はない。眼下に急勾配《こうばい》に連なるごつごつとした岩。おれはほっとため息をつき、いそいそと手近な岩のうえに這《は》い出た。その途端、びゅーんといういきおいで岩山の下から黒い影が飛び出してきて、おれの前に立ちふさがった。

「ヘエエエエエエイ！」

なんてすばしこいやつだ。通常の人間ならここまで回ってくるのに半日、いや、切り立った絶壁があるから一日がかりでも難しいはず。それをあっというまの速度でやってくるとはただものではない。黒く鋭いあごひげ&泥鰌《どじょう》ひげ。中華な風味の黒い鎧を着こみ、手にたずさえた薙刀《なぎなた》型の大刀を高速で回転させる。おれは裏口に立てかけておいた竹杖をつかみ、覚悟を決めて男と対峙《たいじ》した。

「何者だ」

「武人ダー！　仙人ヲタオシニキタノダー！」

目の前にいるのだからそんなに声を張らないでくれ。耳の穴が裂けてしまいそうだ。

「斬《き》ッテ叩《たた》イテ突キ殺スー！」

いったいどこからやってきたのか。こんなやつに命を狙われる覚えはない。

「なぜそんなことをするんだ？」

「武人ダカラダー！」

「いや、意味がわからないんだが……」

「ヘエエイ、センニーン！　オマエハダレダー！」

「きみのいうとおり仙人だ」

「ナニモノナノダー！」

「ああ名前か。いちおうヘルメット・オブ・アイアン2と呼ばれているぞ」

「オレハダレダー！」

「え……？」

「オレハダレナンダー？」

武人は顔をしかめ泣きそうに目をうるませる。おれはなんだかかわいそうになり、

「武人、じゃないのかい？」

というと武人は眉間《みけん》にしわを寄せた。

「ブジンカー、ソレトモ、タケヒトカー？」

「さっきから自分でブジンていってるじゃないか！」

すぐに武人は険しいおももちになり、

「オレガ死ヌカ、オマエガ死ヌカダー！」

と銀色にきらめく大刀をふりまわした。

「ま、待て。武人くん。おちついて話をしようではないか」

「オ、オ、オレハ、武人ナノカー?」

武人はバネ仕掛けの人形みたいに首をくねくねさせた。まったくわけがわからない。おれは率直にたずねた。

「きみはいったいなにを考えているんだい?」

だがその質問のどこがいけなかったのだろう。武人は憤怒《ふんぬ》に堪えない形相になり、

「ヘエエイ、ノゾムトコロダー!」

と叫んで躍りかかってきた。武人は体をくるくる回転させながら岩から岩へと跳ね回り、おれは目を回しそうになった。ふと気をぬいた次の瞬間には目の前に。刃先が岩肌を打ち、閃光《せんこう》が散る。身を翻《ひるがえ》した弾みでおれは足をふみはずし、急勾配をまっさかさま。このままでは岩にあたまを打ちつけて死ぬ——。おれはとっさに体をひねり竹杖にまたがった。すかさず呪文《じゅもん》をとなえ、朝日のさす大空へと舞いあがる。

「ヘエエエイ、センニーン!」

という声が下から追いかけてくるので、おれはハイスピードで急上昇するほかなかった。竹杖が切り込むようにおれのけつを苛《さいな》んだがしかたなかった——。

武人はその後も神出鬼没にあらわれては、ヘエエエイ、ヘエエエイと叫んでしつこく勝負を挑んできた。そのたびにおれは竹杖で逃げた。けつの痛みも命には代えられなかった。近所の仙人からきいた話によると、なんでも元仙人が過度のストレスにさらされた結果、あのような武人に変化してしまったらしいのだ。しかし何度あらわれても、その正体が判明することはなかった。

そんなある日、遠い岩陰の向こうを見覚えのある男が歩きすぎるのを目撃した。借金取りだ。額に入れ墨をしたあの男。借金取りのネットワークを駆使して、とうとうおれの居場所を嗅《か》ぎつけたのだろう。またしても逃亡生活のはじまりだ。もうなにもかもが煩わしくなっていた。こんな生活はたくさんだ。おれは仙人許可証を破りすて、徒歩でひっそりマウント・ガビを下山した。

3

山麓のコンビニエンスストア沿いでタクシーを拾った。仙人許可証がないのでは空を飛ぶ力もないのだ。おれは後部座席に乗りこみ行き先を告げた。

「マウント・タイまで頼む」

杜子春に会う必要があった。本来ならヘルメット・オブ・アイアンに事の次第をうちあけ、身の処し方を相談すべきだとおもったのだが、あいにくラクヨーで別れて以来、一度もあの老人の姿を目にしていない。ガビの仙人仲間にたずねてみても、だれひとりアイアンさんの行方を知るものはなかった。ならば杜子春なら、その居場所にこころあたりがあるのではないかと考えたのだ。

車が発進していない。きこえなかったのかと顔をあげると、ハンドルを握ったモヒカンのいかつい男がおれをにらみ返していた。

「えっと、タイ山までお願いします」

モヒカンの運転手はじっと視線をおれに固定させたままこたえた。

「おれにいってるのか？」

「ええ、はい……」

運転手はやはり無表情でおれを見つめる。

「すみませんでした。べつのタクシーにします」

腰を浮かせると車が急発進し、おれはシートに尻餅《しりもち》をついた。ガビの岩山がゆっくりと背後に遠ざかっていく。いつもなら気にならない無言が車内に重苦しく鎮座していた。ダッシュボードに金色の仏像が飾られているのが奇妙だ。運転手は窓をあけて煙草《たばこ》を吸いはじめる。ミラーごしに何度もこちらの顔をのぞきこんでいた。ふいにかれが口をひらいた。

「つけはいつ払うんだ？」

そういわれ、にわかに記憶がよみがえる。服や髪型こそすっかり変わっていたが、この男は、あの日おれをラクヨーまで乗せていってくれた運転手だ。あのヴィクトルとかいうロシア人。あのときおれはくびになった会社の名刺を渡して料金をふみたおしたのだ。さぞかし怒っているにちがいない。おれは質問にはこたえず、話をそらそうとした。

「なかなかいい仏像ですね？」

モヒカンは紫色の煙をはきだしながらダッシュボードに目を向ける。

「これか。こいつは昔おれが轢《ひ》き殺した二人連れが抱えてたんだ。いきなり飛び出してきやがってな。無事故無違反だったのにあたまにきたよ。その迷惑料代わりにこっそりいただいたのさ」

それはおれの両親じゃないのか。金の仏像を抱えて道路へ飛び出す人間など滅多にいるものではない。

「で、つけはいつ払う？」

モヒカンはミラーごしにおれの顔を見つめ、乱暴に煙草をもみ消した。そのいきおいで助手席のグローブボックスがひらく。がらくたに紛れて大きな拳銃《けんじゅう》が顔をのぞかせた。おれは一文無しだった。またつけでごまかすつもりでタクシーを停めたのだ。

「いま、これしかないんです」

おれはふところにあったキュウリをさしだした。手が震えていた。実際これしかないのだった。モヒカンはしなびたキュウリを一瞥《いちべつ》し、運転をつづけた。

「なにを考えてるんだ？」

運転手がいった。なにを考えているのか、おれは必死で考えた。いったいなにを考えているのだろう。何度も何度も考えた。そのはてに出てきたこたえはこれだった。

「わかりません――」

するとモヒカンの運転手は、

「わかってきたようだな」

と心底愉快そうな笑顔になった。そしておれの手からキュウリをもぎ取ると、ハンドル片手にくねくね音をたててかじりはじめた。なにがわかってきたというのか、おれにはさっぱりわからなかった。それからあともおれはひとり黙って考えつづけた。

「ついたぜ、旦那」

運転手の声でおれは目が覚めた。ついうとうとしていたらしい。タイ山の麓《ふもと》。中天門のロープウェイ乗り場だ。おれは運転手にもう一本しなびたキュウリを渡し、ロープウェイに乗りこんだ。

山には霞がかかっていた。どちらを向いても白く見通しがきかなかった。がたりとした揺れとともに山頂に到着。通りすがりの旅行客に教えてもらい、黄色い岩でできた小道をたどると、かたむいたあばら屋にたどりついた。だが桃の花など、どこにも咲いていない。草木一本生えない荒涼とした絶壁だ。風光明媚とはほど遠い寒々とした光景を訝《いぶか》しみつつも、そっと戸を敲《たた》いた。強く敲くと家ごとたおれてしまいそうだった。

戸がひらき、印度《インド》人ぽい顔をした派手な背広の男が顔を出した。

「ええと、杜子春さんですか？」

とまどいがちにたずねると、

「いーえ、トシアキです」

と男は莞爾《かんじ》とした笑顔を見せた。想像していたのとイメージがちがうとおもったら別人か。あらためて表札をのぞくと〝杜子秋（三男）〟とあった。べつに表札に〝（三男）〟はいらないよなとおもった。もしかしたら杜子冬とか杜子夏なんてのもいるのだろうか。「四人そろって杜四季でーす」などとわけのわからぬことをいいだすのではないかとはらはらしていたら、ふいに悪い予感に襲われた。もしや杜子春は死んだのではないだろうか。だからこうして杜四季ブラザーズの三番目が家をゆずりうけて暮らしているのではないか。なにしろあの本の話がいつの時代かはっきりしない。不老不死のヘルメット・オブ・アイアンは存命でも、仙人になるのをやめた杜子春はとっくに他界しているのではないか。ならばこれほど荒廃していてもおかしくはない。ん、とすると杜子春に会うため、またおれは神将の戟に刺されて極楽へ行かなければいけないのか。いや、極楽にいた善人たちはみな地獄へ落ちたのだから一足飛びに地獄を探すべきか？　だけどあれはそもそもカンタン社のVRじゃなかったかな？　次第におれはあたまが変調子になった。なにがなんだかわからなくなりそうだった。だが杜子春が死んだとは、まだ決まっていない。気を取り直して背広の印度人にたずねた。

「本を読んでここへ来たんですけど、杜子春さんにお目にかかれないでしょうか？」

するとと杜子秋は鼻を鳴らし、

「あー、あいつなら南の麓だよ。山頂とちがうよ。よく本読めよ、ばーか」

と声をあげてわらった。そういわれてみればそうだったかも。おれは教えてもらった礼を述べて、黄色い道を引き返した。

「あいつ犬飼ってるから。それが目印だよ」

杜子秋は小屋の前で楽しげに手をふりおれを見送った。

ロープウェイで山を降り、裾野《すその》を一周した。方角がわからなくなり、どちらが南か判然としなかったが問題ない。遠くに見える一軒家。桃の花が一面に咲きほこっている。杜子春の家にちがいなかった。おれは自然と急ぎ足になった。

ていねいに耕された畑にまだらのむく犬がうろうろしているのが見えた。白い犬が土で黒く汚れているのか、黒い犬が灰で白く汚れているのか。その犬のあとをついてくる壮年の男。男はしきりに待てとか伏せとかお座りなどというのだが、犬はいうことをきかない。何度も熱心に指示を出すものの、それでも犬は平気な顔で尻尾《しっぽ》をゆらゆらゆらすばかり。しまいに男は身をもって教えようというのか、命令しながら自らやってみせるのだった。お座りといってその場にしゃがみ、伏せといっては地べたに腹ばいに。お手、おかわりといいながら左右の手をかわるがわるさしだし、ごろーんといってあおむけになる。自分で投げたフリスビーを、走ってキャッチする技には驚いた。こうして眺めていると、男が指示を出しているのか、犬が指示を出しているのかわからなくなってくる。犬の命令に人間が従っているようにも見えた。

おれの視線に気づき、男は土を払って歩み寄ってきた。

「さて、犬と人間。どちらが主人だろうか――」

あいさつぬきで男はいった。こちらのあたまのなかを読みとったかのような問いに少しく狼狽した。そしてすぐにおもった。この男が杜子春だ。これといって印度っぽい顔立ちもしておらず、白髪も多い。杜子秋の兄弟には見えなかった。だが兄弟だからといって、かならずしも似ているとはかぎらないだろう。

「杜子春さんですね？」

とおれがきくと、かれは頓狂《とんきょう》な顔をした。

「いや、としはるだが？」

「え……えええっ、杜子春じゃなくてえええええ？」

トシアキにとしはる。いったい杜子春はどこにいるのだ。杜子春がみつからないのではヘルメット・オブ・アイアンの行方もわからない。途方に暮れていると、男は表情を引きしめていった。

「その名前は捨てたんだ」

「捨てた？」

まあかけたまえと手頃な岩をすすめ、としはるは水筒のお茶を飲ませてくれた。のどが渇いていたのでありがたかった。

「もうずいぶん昔のことだ。ハリウッドからお呼びがかかってね。『杜子春』を映画化したいとオファーがあったんだ。ちょうどタイ山暮らしにあきあきしていたところだったから、胸がわくわくしたよ。まあいろいろ事情があって映画はお蔵入りになったんだけどね。だがさいわいテレビシリーズが爆発的にヒットした。『チャイルド・オブ・スプリング・フォレスト』ってドラマ、きみも観《み》たことあるだろ――」

ない。が、おれはとりあえず無言でうなずいた。

「印度のボリウッドでもリメイクされたくらいだからな。『チャイルド・オブ・オータム・フォレスト』ってやつ。そっちは正真正銘の駄作だ。主役のトシアキはまるでわたしと似てないし、セリフもだらだらまのびしていた。もともと『スプリング』はリアリティを極限まで追求したサイケデリックドラマだったんだが、『オータム』ではリアリティを徹底的に排除したドキュメンタリードラマに変えられていた。最悪なのは著作権を侵害してたってこと。やつら、超法規的なトリックを駆使して法の抜け穴を正門からどうどうとくぐりぬけたんだ。おまけにこっちの作品よりも売れた。オリジナルよりも森の木々がカラフルなのが好評を博したらしい。なにがあたるかわからんもんだな。おかげでリメイクとオリジナルの立場が逆転した。つまりユニークでおもしろい印度映画を、ハリウッドが買い取ったのだと世間ではおもわれるようになってしまったんだ。災難だったよ。のこったのはなけなしのロイヤリティ。そんなこんなでわたしはとしはると名乗ることにしたってわけさ」

わかったようなわからないような話だ。とおもったが、ぜんぜんわからない。どうして杜子春という名前を捨てたのか、なんの説明にもなってない。というか、おれはこんな話をききに来たのではない。

「すみませんが、アイアンさんがいまどこにいるかご存じないですか？」

にわかに杜子春の顔に苦々しい表情が浮かんだ。

「あのアイパッチ爺《じじい》か。まったくわからずやの石頭だったよ。映画のタイトルを『ヘルメット・オブ・アイアン、炎のマイ・ダーリン』にするといってきかなかった。おかげで映画は撮影中止。アイアンとは決裂しコンビ解消。あれ以来、袂《たもと》を分かつことになった」

どうも先が期待できそうにない話だ。

「そんなトラブルもあって栄光は長続きしなかった。夢のように短くはかなかった。連中はいつだってそうだ。わたしばかりじゃない。トシアキだって犠牲者のひとりなんだよ。ああいった業界では、われわれ俳優などは使い捨て。最高の高みまで持ちあげたとおもった次の瞬間には、どん底に叩き落とす。この気持ちはわからないだろうね——」

いや、わからなくもない。極楽から地獄への急降下なら経験済みだ。

「けっきょくはめられたんだ。だいたいタイ山みたいな人里離れた山奥で人間らしい暮らしなんかできるわけないだろ？　自暴自棄になったわたしは薬に溺れた。なかでもコンロン山の桃の木から抽出して作られたメキシカンAは最高だ。すこぶるハッピー。時間も空間もわからなくなる。幻想は現実に。現実は幻想に。互いに互いを侵食して、すべての境界線があいまいになるんだ。上昇も下降も同じこと。よいもなければわるいもない。きれいはきたない。きたないはきれい。悩みなんて宇宙の彼方《かなた》へ吹き飛んでしまうよ。ヘイ、きみもどうだいメキシカンA！」

杜子春はにやりと笑みを浮かべ、金色のカプセル型錠剤をさしだした。錠剤にはとげとげの破裂マークが描かれていて、見るからに怪しげ。おれは遠慮がちに首を左右にふった。

「ふっ、冗談だよ。こいつは素人《しろうと》には勧められない。きわめて剣呑《けんのん》、速効でやみつきになる。そうなったら薬の奪いあい。やるかやられるかだ。あ、かんちがいするなよ。殺すか殺されるかって意味じゃないぞ。薬をやるかやられるかって意味。え、意味わかんないって？　とにかくこいつはわたしのもの。全部が全部おれのもの。おまえになんかやるもんかーい。欲しけりゃ自分でなんとかするんだなあーん？」

どういうわけだか杜子春の顔が渦巻き文様になっていた。口のなかに腐ったカレーパンのような味が広がるのをかんじた。おれは薬をやったのか、やられたのか？　つまりおれは薬を飲んだのか、それとも飲まされたのか。いや、それならいずれも同じことか。もしかすると水筒になにか混ぜられていたのかもしれない。

ふと妙なことに気づいた。目の前でべらべらしゃべっている白髪まじりの男が、杜子春なのか自分なのかわからなくなっていたのだ。そもそもおれの顔がこんなに渦をまいているはずはないのだが、それでもそれが自分の顔のようにかんじられてならなかった。あたかも複雑に彎曲《わんきょく》した鏡をのぞきこんでいるような気分だった。

杜子春は夢でも見ているような朦朧《もうろう》とした口ぶりで話をつづけていた。蛙《かえる》の卵のような目が顔のまんなかでゆらゆらゆれている。いかにも薬物中毒の廃人のようなありさまだ。だがこの歪《ゆが》んだ顔の幻覚を見ているのはおれなのだ。ならば廃人なのは、むしろおれのほうか？　これ以上ここにいてはいけない気がした。

「そろそろおいとましないと。ラクヨーに用事をおもいだしたので」

おれはもつれた舌でいった。腰を浮かしたおれを杜子春は引き留める。

「そう慌《あわ》てるなって。ラクヨーならすぐそこさ。そいつはいつだって目の前にある。ヘイ、セット、照明スタンバイ。カモン、ラクヨー、ニシノモン！」

杜子春は指を鳴らした。途端にあたりが橙《だいだい》色に染まった。木造小屋が崩れるように折りたたまれてその姿を消す。コウモリが飛びはじめ、霞んだ空には爪《つめ》のような三日月が白く浮かんでいた。黄砂のなかから蜃気楼《しんきろう》のように立ちあらわれるトーの都ラクヨー。その西の門が油のような夕日の光を浴びている。どうもおかしい。ここはタイ山の南麓じゃなかったのか。

「こんなはずはないのだが……」

おれはしきりにまばたきし、夕空をあおいだ。

「忘れたのかい。おれたちみんな、いつでもどこでも好きな場所へ行けるんだ。距離はない。空間もない。時間というのもただの概念であって、現実的に存在しているわけじゃない。なにしろここは映画スタジオのなかだからな」

そうだ。この門は書き割りだ。のみならず空も月も、コウモリさえも作り物にちがいない。そうおもった。だがどれもみな本物以上に本物らしく見えてしかたがなかった。おれはとまどいがちにたずねた。

「つまり、タイ山の麓にスタジオがあるってことですか？」

「タイ山なんてないよ。ガビもない。ラクヨーだってありはしない。そんなものひとつもないんだ――」

杜子春の渦巻き顔が逆回転して憂《うれ》い顔になる。

「ないなんてことはないとおもいますけど？」

とおれがいうと、

「わかってないようだな。いいか。『杜子春』の話はおまえも知ってるだろ。最後にどうなったか覚えてるか？」

「もちろん。タイ山の麓の一軒家を手に入れてハッピーエンドですよ」

「ほんとにそうおもうか？」

「実際そうですよね」

杜子春はおれの顔にじっと視線を落とした。

「あの話、いったいどこからどこまでが夢なのだろうな？」

「え？」

「最後の最後まで仙人の見せた幻覚だったとしたらどうだ？　つまり地獄でうっかり声を出して目が覚めたんじゃない。あれで現実にもどって仙人をあきらめたとか、桃の花が咲く一軒家をもらったとかいうのも、ぜんぶ幻覚だとしたら――」

「では……、家はもらってないと？」

「もらってないさ。そんなもの、はじめからなかったんだからな。口からでまかせ。アイアンはそんな家、持っていやしなかったんだ。タイ山なんて、まともな人間が住む場所じゃないしな」

「なら、あれからどうしたんです？　映画化のオファーで渡米したとか？」

「それもない」

「でも、テレビシリーズになったんですよね？」

「ああ、なったさ。無論、夢のなかでな」

「さっきの話は嘘だったんですね」

「そうじゃない。夢のなかで実現したんだ。夢というか、幻覚だが。ＶＲといってもかまわん。なんにせよ、その実態を知ることは不可能だしな。さっきもいったとおり、ここは映画スタジオだ。現在進行形でつづいているんだよ」

「撮影中ということですか？」

「夢の話さ。おれはいまだに目が覚めてないんだ。仙人が作り出した幻覚のなかにいるのさ。おれはまだラクヨーにいるんだよ——」

おれは脳味噌が頭蓋骨《ずがいこつ》のなかでくるくる回転しているような心地がした。毒蛇に脳髄を吸われているような音が耳の裏にきこえた。杜子春のいっているのがどういうことなのか、どうしても理解できなかった。

「ラクヨーもないっていいませんでした？」

「そこが問題なんだ。なにがあって、なにがないのか。そのどれもおれには決めることができない。そういう意味では夢も現実も似たようなもの。そのなかにいる限りは、その世界に従わなければいけないんだから」

「でもおかしいですね。この世界はあなたが見ている夢だっていうんでしょ。そしたらおれはなんなんです？　あなたの夢の世界の住人てわけですか？　そんなのへんですよ」

「へんなことなどないだろ」

「あ、わかってきました。これはあなたの夢じゃない。おれの夢です。おれはまだラクヨーの西の門にいて、アイアンさんに幻覚を見せられてるんです。カンタン社のVRでね。あなたはわたしのVR世界の登場人物ってわけですよ」

「冗談はよせ。オリジナルはどっちだ？　おまえとおれ、どっちが先にラクヨーに来た？　おれだよな。先に幻覚を見せられたのはおれのほうだ。あれがすべてのはじまりだったんだよ」

「いえ、べつに順番は関係ないですよ。幻覚なら過去の記憶だって捏造《ねつぞう》できますし」

「まさかおまえは自分こそがオリジナルだなんてぬかすつもりじゃないだろうな？」

杜子春は眼光鋭くおれをにらみつけた。目に殺気が宿っていた。だがかれの体はぐでんぐでん。薬漬けで支離滅裂な妄想に囚《とら》われているにちがいない。

それにしてもおれはいまどこにいるのだろう。見れば見るほどラクヨーだ。とても作り物とはおもえない。あるいはそれこそが幻覚である証拠だろうか。夢のなかでは夢は夢とはかんじられないものだ。とするとこれはおれの夢。おれはまだカンタン社のVRのなかなのか？　体はラクヨーにあって、このVRのラクヨーを見せられているということなのか。このVR世界から抜け出せば、この作り物のラクヨーと寸分たがわぬ、ほんもののラクヨーが目の前に姿を見せるのか。だが、それとこれとをどう見分ければいいんだ。どっちがほんものかなんてどうしてわかる？

まどろむ顔で杜子春はうわごとのようにいった。

「わかってる。わかってるさ。おれはとうとうこの世界の正体がわかってしまったんだ。すべて暴《あば》いた。なにもかもがまやかし。世界はぜんぶ贋物《にせもの》でできているんだ」そうしてまたメキシカンAを口に放りこむ。「おれだって人間らしい暮らしがしたかった。だがどうだ。この世界から逃れることなんてできやしないじゃないか。世界が贋物だとわかったからって、それがどうしたというんだ。どうしたって逃れることは不可能なのさ。この世界の法則に従うほか、おれたちには選択肢がないんだよ……」

杜子春はラクヨーの門に寄りかかり鼾《いびき》をかきはじめた。ずいぶん疲れていたようだ。もしこれがかれの夢のなかであり、そのかれが眠りはじめたらどうなるのだろう。かれはどこへいくのだろう。夢のなかでさらなる夢を見るのか。あるいは夢が覚めて現実へもどるのか。どちらが夢で、どちらが現実か。

いや、待て。これはおれが見ているVR世界だ。だがほんとうにそうだろうか。杜子春のいっていることがまちがっているという証拠はどこにある？　もしかれが正しいのなら——。永遠に終わることのない杜子春の夢の世界。すなわちヘルメット・オブ・アイアンの生み出した幻覚の世界。

確信が持てなかった。おれはかれの夢のなかにいるのか？　それなら、おれはだれなんだ？　この世界がだれかの夢ではないとどうしたらわかる——。いや、おれはこうしてものを考えている。考えるということをしている。考えずにはいられないのだ。だがそれがなにかの保証になるのか？　それが、おれがおれとしてなんらかの世界に存在し、この世界がおれの見ている現実か非現実の世界だという証拠に、ほんとうになるのだろうか？

解決策がないことはない。簡単なことだ。カンタン社のVR世界から出ればいいのだ。だがどうやって出る？　出口はどこだ？　おれは目に見えない鉄のヘルメットでもかぶせられているのだろうか。両手をあげてそいつを外せば、夕暮れのラクヨーに舞いもどる。現実世界のラクヨーに。そしたら目の前で眠っている杜子春も消えていなくなるのか——。

さっきまで畑だったところをうろうろしていた犬が足もとに座り、おれをじっと見あげていた。この犬も現実には存在しないVRなのだろう。

「杜子春の言葉を真に受けてはいかんぞ」

突然犬がしゃべりだした。ききおぼえのある声だ。声の主をおもいださないうちに犬は姿を変えてアイパッチをした老人になった。

「アイアンさんじゃないですか！」

おれは驚きつつも、これもまた幻覚にすぎないのかもしれないと訝しんだ。

「然《しか》り。わんわんじゃ」

仙人なら動物に変化《へんげ》することなど容易なことじゃ。教えてなかったかなとヘルメット・オブ・アイアンは衣服についた土ぼこりをはらった。どうやら現実らしかった。

するとおれはあの最初に来た日のラクヨーにもどったのか。だが門に寄りかかる杜子春の姿は消えていない。

「世界なんて……」

などと前後不覚に寝言をつぶやいている。

「杜子春、目を覚ますのじゃ」

ヘルメット・オブ・アイアンはいった。それがなにを指していっているのか、おれにはわからなかった。いまここで眠りから覚めろというのか。あるいは麻薬による幻覚から目を覚ませというのか。さもなければ、この世界が夢かなにかだとおもっている虚妄のおもいこみから目を覚ませというのか——。

仙人は門の下にかがみこみ、眠っている杜子春の体をゆすった。

おれの体もぐらぐらゆれた。それから暗闇で足をふみはずし、奈落へ落ちていくような感覚に襲われた。はっと胸をつかれてまばたきすると、おれはラクヨーの門に寄りかかり、眠っていたのをゆりおこされたところだった。

ねぼけたあたまで顔をあげれば、ヘルメット・オブ・アイアン……ではなく派手な背広姿の印度人。この男はトシアキではなかったかな。かれが仙人だったのか？ というか、仙人がかれに化けていたのか？ ん、なんだかまたわからなくなってきたぞ。

「どーも。カスタマーサービスのラマチャンドランです」

印度人が会釈《えしゃく》をした。

「申し訳ありませーん。じつはカンタン社の装置にトラブルが発生しまして、お客様はVR世界から自力で出られなくなってしまったのです。ですが、もーご安心ください。わたしが登場人物のひとりとなってこのVR世界に入りこみ、直接お客様を現実世界へ連れもどしにまいったというわけです。では煉獄《れんごく》スクエアにあるアクセスポイントまでご案内しましょう。どーぞこちらへ。もう時間がありませんので、近道のチクショー・ストリートを通りぬけまーす」

なるほど、そういうわけだったのか。ここから出られるのなら大助かりだ。こんな悪夢のような世界にはうんざりだった。おれはすなおにラマチャンドランについていった。が、チクショー・ストリートは不穏な空気に満ちていた。だしぬけに道のわきから飛び出してくる黒い影。

「母鬼の仇《かたき》!」

まだ背丈の伸びきらない小柄な鬼が鉄の鞭をふりまわしてラマチャンドランを鞭打《べんだ》した。うー、と小さな声をもらし、ラマチャンドランは道ばたにたおれた。

「あ、ひとちがいでした。ごめんなさい」

あたまをかく鬼の子ども。ラマチャンドランは死んでいた。なんということだ。これでは帰れないじゃないか！　せっかくこの世界から抜け出せるとおもったのに！

「母鬼の仇。えいっ！」

鉄の鞭は想像どおり滅法界に痛かった。おれは地面にうつぶせになった。ＶＲだろうがなんだろうが、この世界で生きているかぎり痛いものはリアルに痛い。それがこの世界のルールなのだから。ここから脱出しないうちは、それに従うほかない。こればかりは杜子春のいっていたことが正しいと実感した。

「待ってくれ、子鬼くん。きみの母さんを殺したのはおれじゃない。あれはおれの父親であって、おれの両親は――」

そこまでいって、やはり殺されてもしかたがないとおもった。親の仇がもはやこの世にいないなら、怒りの矛先は自然と仇の子に向かう。そうしてどちらかの一族が滅亡するまで終わることのない報復合戦がくりかえされるのだ……。

あおむけになり覚悟を決めていたら、暗さを増した空に星がまぶしく光を放つのが目に映った。きらめきはあたかも超新星爆発のように大きくなっていく。それが爆発ではなく、接近しているのだと気づいたときには、星ははっきりとした形を天空にあらわしていた。それは星ではない。金の仏像だ。まばゆく燃える仏像がクモの糸にぶらさがり、チクショー・ストリートめがけて滑空してきたのだ。

子鬼は背後に迫る仏像に気づかなかった。仏像に背中を蹴りとばされ、なにがおきたかわからぬ顔で血の池に放りこまれた。

金の仏像は片手でクモの糸につかまりながら親指を立て、おれに向かってにっこりと笑った。仏像の顔はおれの母親の顔だった。そのまま仏像は振り子のように夜空へ去っていく。おれはおもわず素っ頓狂な声をもらした。

「お、お母さん?」………

その声に気づいてみるとラクヨーの西の門。なんだよ、またここにもどったのかよとおもった。いや、それとも現実のラクヨーにもどったのか?

門の向こうの歓楽街から、アイパッチをした老人が馬に乗ってやってくるのが見えた。老人は手綱をあやつり、おれの前で馬を停めた。

「アイアンさんじゃないですか!」

だが、本物だろうか。

「そうでもあるが、そうでもない。わしはヘルメット・オブ・アイアン5670ミリオンじゃ。こうしているあいだにも仙人はぞくぞくと増えつづけている。それがだれなのか、どこからやってくるのか、どこへ消えていくのか、それはだれにもわからない」

キュウリと蓮根をかじりながら老人はいった。

やはり変調子だ。見れば馬はモヒカンのタクシー運転手の顔をしていた。タクシーに乗ったときは気づかなかったが、その額にはお釈迦様の入れ墨があった。入れ墨はきわめて精巧で、入れ墨の釈迦の額には借金取りの入れ墨が、そしてその借金取りの額には釈迦の入れ墨が、その釈迦の額には借金取りが——といった具合にどこまでいっても釈迦と借金取りが交互に刻まれていた。おまけに入れ墨の釈迦は馬に乗っており、その馬の頭部はタクシー運転手の顔になっているのだ。その入れ墨の運転手の額にも馬に乗った釈迦の入れ墨が彫られてあることはいうを待たない。当然その釈迦の額には借金取り、釈迦を乗せた馬の顔は運転手、運転手の額に乗馬した釈迦——。入れ墨はどこまでも無限の分岐をくりかえし、異次元的なフラクタル模様を描いていた。おれは目の前にいるのが、お釈迦様なのか、借金取りなのか、タクシー運転手なのか、ただの馬なのか、わからなくなりそうだった。

「あなたはいったいだれなんです?」

朦朧としたあたまでおれはたずねた。

「おしえてやってもいいが、そのまえにこっちの質問にこたえてくれ。だれだと問うおまえはだれなのだ。名前はなんだ。どこからきた。なにをしている。あるいはなにをしていた。これからなにをする。ここはどこだとおもっている？」

その問いのひとつひとつを検討してみたが、おれは自分がなにひとつわかっていないことに気づいた。

「わかりません」

おれがそうこたえると、

「おまえはなにを考えているのだ？」

と返事がかえってきた。おれは少しく考え、

「わかりません」

とくりかえした。すると、

「おれにいってるのか？」

こたえははっきりしていた。

「わかりません」

「わかってきたようだな」

人面の馬はにやりと歯をむきだしにした。仙人はどこへ行ったのだろう。おれがなにもこたえないでいると、馬はいななくような声でいった。

「おまえはだれでもないし、ここはどこでもない。おまえはいないし、おまえはおま

えですらない。おまえはどこへも行けないし、どこからも脱出できない。なぜなら脱出する世界も、脱出しようとしているおまえも、どこにも存在していないのだからな。存在するも、存在しないも、あるも、ないも、ないんだよ」

おれはわけのわからぬストレスでなにかが限界に達し、あたまがかーっと燃えあがった。そして自分でもおもいもよらなかったことに、

「ヘエエエエイ、センニーン！」

と声をあげ、くるくる回転しながら宙にびゅーんと飛んでいってしまった。

ベイシー伯爵《はくしゃく》のキラー入れ歯

目覚まし時計のベルが鳴り、棺《ひつぎ》のふたがひらいた。わたしは暗闇《くらやみ》で身体《からだ》をおこして棺からひょいと顔を出した。午後八時。出勤の時間だ。蜘蛛《くも》の巣の張った地下室はひんやりと湿った空気で満たされていた。トカゲが壁や天井を這《は》っている気配をかんじた。わたしがおきだしたのに気づいたネズミたちのざわめきが部屋のあちこちからきこえてくる。どちらを向いてもがらくただらけ。だがわたしはこの部屋に満足していた。とりわけ壁際《かべぎわ》でほこりをかぶっている調律の狂ったアップライトピアノはお気に入りだった。

吸血鬼のわたしはわけあって故郷のトランシルバニアを追われ、世界各地を転々としていた。今は日本に落ち着いている。その片田舎にある〈ニドデマコーポレーション〉の支社で働きはじめて二か月がたった。自然健康食品として特別な豆の加工販売をしている会社だ。工程のすべてが手作業というのが売りで、そこでわたしは二十四時間体制で豆の数を数える仕事をしていた。もちろん夜番だ。数を数えるのはバンパイアにとってなかば本能的なものがあるので、仕事はさほど苦にならなかった。住みこみで雇われ、あてがわれた部屋がその工場の地下室というわけだ。わたしはあしもとをかけるネズミを手づかみで捕まえ、むしゃりと食べた。ネズミたちにはもうしわけないが、これがわたしの夕食なのだ。

ささやかに空腹をまぎらわせると階段をたどって上階へ向かった。つきあたりの跳ね上げ戸が一階の玄関ホールにつながっている。わたしは戸を押しあげて、床の穴から顔をのぞかせた。地上はすっかり夜のとばりが下りていた。ガラス張りの玄関の外を照らしているのは、ぼんやりと白くにじんだ蛍光灯の光ばかり。閑散とした受付のデスクでは、いつものように青いシャツ姿で青ざめた顔をした女性社員のアオイさんがやたらとカラフルな雑誌を読んでいた。ちょうどページをめくりながら大きなあくびをしたところだ。顔色がよくないわりに太っていて、彼女の座るいすはいつでもみしみし音をたてるのだった。タイムカードを押して彼女とあいさつをかわす。三度ほどおはようといってようやく彼女はわたしがいるのに気づいて顔をあげた。気配を消そうとしていたわけでもないのに気づかれないのは心外だった。彼女の黒縁のめがねがななめにずり落ちている。

「おはよう、タキシードさん」

という彼女のがらがら声。そういわれて、しまったとおもった。作業着に着替えてくるのを忘れていた。棺に入るときはいつもタキシードなのだ。まんいち昼間にふたをあけられ胸に杭《くい》を打ちこまれるはめになったとき、だらしのない下着姿をさらして死ぬなんて、バンパイアとしてのプライドが許さない。

とりあえず地下に引き返して着替えてこようかとおもった。だが仕事に遅れてはまずいような気もする。どうしたものか受付デスクのまえでまごついていると、

「支社マネージャーが呼んでたけど」

とアオイさんがいった。彼女にむきなおり、いい用件か悪い用件か探ろうとしたが、彼女は視線を雑誌にもどしていた。昔はわたしだって人のこころを読むことなど夕飯前だった。それが日本へ来てからというもの、まるで人間の血を吸っておらず、バンパイアとしての能力もすっかり衰弱していた。しばらくうんうんうなって彼女のこめかみのあたりに神経を集中させてみたが、だめだ。わかるのはうんざりするほど仕事に退屈しているらしいということぐらい。そんなのはだれが見たってわかる。わたしのおなかがぐーと鳴った。やはりネズミ一匹ではものたりない。日本はどうも治安がよすぎる。おいそれと簡単に人に嚙《か》みつけないのがつらいところだ。

ともあれ支社長室へ急いだほうがよさそうだと階段に足をかけたわたしにアオイさんは、

「タイムカード持ってこいってさ」

とつけくわえるようにいった。やはりまた怒られるらしい。

●

ドアをノックすると「入りたまえ」と支社マネージャーの声がし、わたしは「よかろう」といってドアをあけた。自分でも口調がおかしいとおもったが、ふとした拍子に身体に染《し》みついた言葉が出てきてしまう。気をつけなければ。

部屋のなかでは書類を手にした小柄な男がいすにもたれ、にがにがしげな顔でわたしを待ち受けていた。マネージャーのコシバさんだ。しらじらしくこつこつとデスクをたたく指。スタンドの光に照らされ、指と影が連動してせわしげにゆれうごいている。かれをひとことでいえばゴムボールみたいにつるつるした丸顔のチビといったところだ。腹もまるい。いかにも豆の加工販売がおにあいの風貌《ふうぼう》だ。それになぜだかいつも香水のにおいがきつかった。種類はわからないが、まるでトイレの芳香剤で鼻の穴をふさがれたような気分になる。かれはわたしの顔をのぞきこみ、きこえよがしにため息をついた。

「ひどい寝癖だな。なんだその格好は。おまえ働く気あるのか？」

そういわれ、わたしは自分のみすぼらしい姿を意識させられた。血液不足のせいでやつれはてた顔をしているのはわかっていた。紫色の顔に病人みたいにおちくぼんだ目。手でオールバックの頭をなでつけると白髪が抜けて指にまつわりついてくる。自慢のとがった耳はしおれ、鋭く整っていたあごひげだってばさばさ。嚙み合わせの悪い乱杭歯《らんぐいば》にがさがさの肌。とても見られたものではないにちがいない。恥じ入るように視線を落とせば、お気に入りのタキシードもよれよれだ。ダークグレーのケープは色あせ、ほんのりとしたかびの臭みさえ漂っていた。わたしはせめてもとおもい、曲がったネクタイをなおした。

「もうしわけありません。わたしには魂というものがないので、自分の姿が鏡に映らないのです……」

「ならいつもどうやって髪をとかすんだ？」

「そういったことはすべて執事にまかせておりましたので」

マネージャーはふんと鼻を鳴らし、さげすむような視線をわたしに向けた。

「へえ、そうかい。その執事ってのはいったいどこにいっちまったんだろうな?」

「出ていきました。かれこれ二〇〇年もまえのことです。わたしがドラキュルではなく、ドラキュラードだというのがばれましてね」

「なんだって?」

「ドラキュルとドラキュラードです。嘘《うそ》はつきたくなかったので、面接のときに説明していたはずですが……。自らすすんでバンパイアになったのがドラキュル。嚙みつかれてバンパイアになってしまったのがドラキュラードです。自発的か非自発的かのちがいですね。ドラキュルのほうは由緒《ゆいしょ》正しきバンパイアとして地位が確立されているのですが、ドラキュラードは最下層。はっきりいってコウモリよりも格下です。長年仕えていた主人がドラキュラードだと知ったら、どんな執事でも怒りますよ」

「おれは今現在の話をしているんだがな?」

マネージャーは眉《まゆ》をひそめた。だがわたしはいやな過去をおもいだして、ちょっと興奮気味になっていた。

「ほんとうは嚙まれたあとに説明を受けるのです。ドラキュラードとしての注意事項を。でもわたしを嚙んだバンパイアはやたらと話が長くてですね。『死すべきものに安らぎを。今宵、天にさからい闇の世界の住人となりしものよ。もはやふたたび太陽の光を目にすることはないであろう。汝《なんじ》の魂は眠ることなく、さらなる地獄をもとめつづける。漆黒の夜のとばりとともに血を吸うものが舞いもどり、われら呪《のろ》われし吸血一族はとこしえに……』とかなんとか。そんなことよりもドラキュラード差別の問題をちゃんと説明してもらいたかったですよ。大事なことなのに。不親切です。わたしが人を噛んだときは、トランシルバニアでは自分がドラキュラードだということを隠しておくようにと、まずまっさきに忠告しますね。ばれたらそれはもうひどい迫害を受けますから。ドラキュルからも、執事たちからも。木につるされたり、丸太で打ちすえられたり、家に火をつけられたりなどして。トランシルバニアにはぜったいに帰りたくありません……」

おもいだしただけでわたしは足がふるえ、顔が濃い青紫になるのをかんじた。そりゃたいへんなもんだなとマネージャーがいうので、なにしろかれらには魂というものがありませんからやりたい放題なのですと説明した。

「自分も魂ないんだろ?」

といわれ、

「まさしく」

と不敵な笑みを浮かべてしまった。あたまのなかが矛盾だらけで、自分でもなにを考えているのかわからなくなることがよくある。マネージャーはあきれたようにかぶりをふり、手にしていた書類に目を落とした。

「なあ、ベイシー」

「ベイシー伯爵《はくしゃく》とお呼びください」

伯爵までふくめてわたしの本名なのだ。できれば尊重してもらいたい。マネージャーはそれを無視し、

「なぜ呼ばれたかわかってるな？」

と顔をあげてわたしの目を見る。遅刻のことだ。きちんと説明しておかなければならない。

「われわれ不死の存在にとって、時間などという概念はなんの意味もなさないものであり――」

そいつを見せてみろといって、マネージャーはわたしの手からタイムカードをもぎとった。

「遅刻だけじゃない。退社時刻も日に日に早くなってるよな？」

「あー、はい。申しわけありません……。冬でしたら太陽も低いので、もっと長く働けるかとおもうのですが。あいにく今は夏至が近いものですから。日が長くなってき

ていますよね。それだけわたしの活動できる時間が短くなってしまうのです。ニワトリの鳴く声がきこえたらあがりです。いそいで棺のなかにもどらなければなりません」

「そんな社員がほかにいるとおもってるのか？」

「しかたがないではありませんか。日光を浴びたらわたしは死んでしまうのですから。あっというまに身体が灰になって即死ですよ……」

「さっき、不死っていわなかったか？」

「だれにでも弱点はあるものです……」

マネージャーはタイムカードをデスクに投げてよこした。それから口を真一文字にむすび、鼻からため息をもらした。

「なぜおまえを雇ったか知ってるか？」

わたしはしばらく考えるふうにしてから、

「ジェントルマンだから？」

と目玉をぎょろりとさせると、マネージャーはなかば独りごちるようにいった。

「外国人だからだよ。日本人より安く雇えるからな。べつにおれが不公平なことをしているわけじゃないぞ。なにしろおまえさんは在留カードをもってないだろ。なのに雇ってあげているんだ。おれの情け深さに感謝してもらいたいくらいだね。いってる意味がわかるか?」

「いえ、あまり……」

「なら教えてやろう。おれがその気になればいつだってクビにできるってことさ。入国管理局に通報して、不法就労で強制送還だ。無論おれも逮捕されるが、会社のためをおもえばやむをえんだろう。そいつをよく頭に叩《たた》きこんで仕事に励むんだな。だが考えようによっては日本てのも案外悪くない国だろ。外国人っていうだけで、こうして無条件に雇ってもらえるんだからな。それに警察もまぬけぞろいで助かるんじゃないのか?」

マネージャーは意味ありげな視線を向け、にやついた顔で口をもぐもぐさせた。わたしが夜な夜な通りをうろついて人を嚙み殺しているとでもおもっているのだろうか。どこへいっても監視カメラだらけで、これほど治安の厳しい国もほかにないというのがわたしの印象なのだが。このあいだもどこかの路地裏で人が殺されたらしいが、どうせ犯人はすぐに捕まるだろう。

とにかく本国に強制送還されるのだけは絶対に避けたかった。現代社会というやつはじつに不便で、近頃はどの国へ行くにも密航だった。本当の年齢をいっても信じてもらえないし、年齢を証明するものがないとパスポートさえ作れないのだからしかたがない。バンパイアには生きづらい世界になったものだ。

暗澹《あんたん》とした気持ちでうつむいていると、マネージャーは書類の束を取りあげ、デスクのスタンドの下にひろげた。わたしの作業報告書だ。

「なあ、この黒い丸はなんなんだ?」

「バツのかわりです。豆の数があってないという意味です。どうもバツ印は十字に見えてしまってちょっと」

「バツにしろ」

有無をいわせぬ口調だった。

「すみません。努力します……」

「だが、作業は正確のようだな。ひとつもミスがない。不良品の検出率はダントツだ」

数を数えるのは得意なのだ。

「おまかせあれ!」

わたしはめずらしくほめられてうれしくなり、はっはっはっはと高笑いした。スタンドの電球が明滅したかとおもうと、すぐに音をたてて砕けた。部屋が薄暗くなる。

感情が高ぶるとこうなるのだ。満腹の状態であれば、夜空に稲妻が走り雷が鳴るのだが、慢性的な空腹のおかげで電球ぐらいですんだ。これ以上空腹がつづけばロウソクの火を消すこともままならなくなるだろうが。

マネージャーは舌打ちして、デスクの引き出しをかきまわした。よくあることだったので予備の電球がおいてあるのだ。わたしはとっさに謝った。だが、ちょっと大きく笑いすぎたせいだろうか。入れ歯が外れて宙を飛び、マネージャーの突き出た腹に転げ落ちてしまった。

「おい！」

とわめいて、いすからとびのくマネージャー。奥歯に挟まっていたネズミのしっぽがわたしの口から床に落ちる。最近はものをきちんと咀嚼《そしゃく》するのもひと苦労だった。

「も、もうひあけごあいまへん！」

わたしはあたふたとデスクの下に四つん這いになり、やっとのことで入れ歯をつけなおした。ほっと息をついて床から起きあがると、嫌悪《けんお》と困惑の入り交じったような表情でマネージャーがわたしをにらみつけていた。

「その牙《きば》は入れ歯だったのか？」

「ええ、じつはさきほど話に出た執事に、銀のメリケンサックで顔面を殴打《おうだ》されまして。けたけた笑いながら、何度も何度もくりかえし。執事というのもまた、魂をもたない闇の種族なのかもしれませんね。おかげで牙もふくめて総入れ歯ですよ……」

ばつが悪かった。わたしはただのバンパイアではなく、牙なしバンパイアなのだ。同類のドラキュラードからも「いっしょにしないでくれ」と迷惑がられる存在だ。トランシルバニアどころかヨーロッパのどこにもわたしの居場所はなかった。

わたしは自分が情けなくなり、身体の力がすうっと抜けていくのをかんじた。貧血だ。めまいがして倒れそうになり、わたしはマネージャーに断りもいれず、そっとソファに腰をおろした。さすがにかれもあわれむような目でわたしを見つめ、コーヒーでも飲むか？　といってくれた。「それより汝の薄汚れた血を少しでいいからわけてくれたまえ」といいそうになったが、すぐにおもいなおして言葉を喉《のど》の奥に呑《の》みこんだ。それからマネージャーはおもいだしたようにいった。

「おまえさんが住んでる地下室だが、もう少しきれいにかたづけておいてくれないか。本部から抜き打ちの検査が入ったりしたらたまらん。食いものをあつかっているのに不衛生にしていたんじゃ、おれの管理責任能力が問われちまう。クリーンなイメージっていうのが、なにより大事だからな。それだけはゆずれん」

ソファでぐったりとしているわたしをよそに、かれはあわただしく書類を束ね、通勤バッグをもっていすから立ちあがった。

「今夜はこれで帰るが、おれがいないからといって仕事の手を抜くんじゃないぞ」

●●

午後の分の豆の数を数え終え、深夜の休憩時間になっていた。うつろな顔をした作業員たちがぽつりぽつりと社員食堂を出入りしている。食器と食器のぶつかりあう音。作業員たちも二言三言短い会話を交わすばかりで、あとは空調がうなっているのがきこえるくらい静かだ。

わたしはいちばん隅の席に座り、フォークでスパゲティをつつきながら、窓下に広がる駐車場の車の屋根が、満月の光を明るく反射させているのを見おろしていた。ときおり真っ黒いハンカチみたいなコウモリがジグザグに窓の外を横切っていくのが目についた。さっき食堂の外の自動販売機のまえで飲み物を物色していたら、アオイさんの腹に突き飛ばされて廊下に尻餅《しりもち》をついてしまった。

「あー、いたんだ。ごめん」

彼女が寝ぼけまなこで歩いているためばかりではない。わたしの存在感が希薄なのだ。どうせいつ見ても喉の渇きを満たしてくれそうな飲み物など置いていないのだから、そんな場所でぼんやりしているのではなかったと反省した。彼女に手を貸してもらい、のろのろと立ちあがった。

「いや、いいんだ。知ってのとおり、わたしはバンパイアだからね。気配を消すのはお手の物だよ」

そういうことにしておこう。

「でもさ、あんたってバンパイアってかんじしないよね。しいていえば……喋《しゃべ》るゴボウ？」

と彼女はぼんやり廊下の先を見つめてあくびを嚙み殺した。はっきりいわれて傷ついたものの、わたしはやや芝居がかった調子で腕組みし、自動販売機に寄りかかりながら反論した。

「作業着姿だからそう見えるだけさ」

「超能力とか使ってるのも見たことないし。バンパイアならなんかあるでしょ。催眠術とか、空を飛ぶとかさ」

「催眠術は使えないな。むしろ自分が催眠術にかかっているような気分に襲われることはよくあるよ……。だが、空は飛べる」

「へー」

期待をこめた目で彼女のめがねの奥が光る。

「いや、今は無理だ。空腹だし、ケープを羽織らねば」

「なら、さっさとなんか食べて軽く飛んで見せてよ」

「ふつうの食事ではだめなのだよ。人間の血液を吸わないとね……」

彼女は太い首をかしげて少し間を置いてからいった。

「わたしの血、吸う？　ちょっとぐらいならかまわないけど」

わたしはあたまがぐらりとなり、急にものを考えるのがおっくうになった。こめかみのあたりに靄《もや》がかかったようにもうろうとし、彼女の喉もとに視線が引きつけられる。嚙みつくのを想像しただけで口のなかに血液の味が広がっていくのをかんじた――。

いや、いけない。わたしは何度もまばたきをして妄念をふりはらった。わたしの顔に困惑の表情が浮かんでいたらしい。彼女はにやりとわらって、冗談だからといってわたしを肘《ひじ》で小突いた。なにかほかにおもしろい能力はないのかとたずねるので、わたしはため息をもらした。

「いろいろできたのだがね。貧血つづきでそんな力も衰えてしまったよ。かつては天候をあやつり雨や風を自在に呼びよせることができた。おどろくほどの怪力でドアを突き破ることもできたし、手を触れずに念力で物を持ちあげることもできた。それに信じてはくれないかもしれないが、未来を予知する能力だってあったんだ。まあそれもこれも贅沢《ぜいたく》に血を吸って暮らすことができたころの昔話でしかないがね……」

われしらず感傷的になっているわたしのことなど気にとめるようすもなく彼女は、

「変身は？」

ときいた。

「できないな……」

「コウモリをあやつれるとかは？」

「昔はあやつれたよ。今でも会話ぐらいならできるけどね。あまりこみいった会話は無理だが、それはわたしのせいではない。コウモリの知性の形に依存しているのだよ」

「会話ねえ……」

彼女はまた退屈そうにあくびをした。

「まあいちばんバンパイアらしいところといえば永遠の命かな。終わることのない時間というか」

人間にはとうてい想像もおよばない境地だろう。それぐらいしかもうわたしにはバンパイアとして誇れるものがないらしい。だが彼女はめがねをぎらつかせて身を乗り出してきた。

「あー、なんかそれわかる。うんざりするほど時間がありあまってるかんじ。来る日も来る日も毎日同じことのくりかえしで最悪。生きててなんにもおもしろいことないんだよね。いつも眠くてかったるいし、もう死ぬほど退屈」

たしかに人間も若いうちは時間が無限にあるような気がしてしまうというのはわからなくもない。だがそういうのとはまたちがうのだ。永遠というのがどれほどやっかいなものか、きみはわかっていないのだといいかえしたかった。アオイさんは、ほんとつまんないと独りごちるようにいって去っていった。

わたしは食堂の窓際で満月を見あげながら日に涙をにじませていた。バンパイアになりたてのころはまだ希望があった。無限の万能感にひたされ、世界はその暗闇の隅から隅まで輝いて見えた。今ではそんな高揚した気分はあとかたもなく消えた。おもいだされるのは人間として生きていたころの薄明のようにほのかな記憶ばかり。月の光というのは、あれは太陽の光を反射しているのだ。わたしの過去を照射する光。人間だったころの思い出の世界へとわたしを誘うかすかな道しるべ。最後に太陽を見たのはいつのことだったか。正確には覚えていないが、もう数百年も昔のことだ。空を橙《だいだい》色に染めあげる黄昏《たそがれ》のまぶしさに目をほそめていた感覚がなつかしかった。

「ここ座っていいかい？」

という声にふりむくと、背の高いやせた青年がトレーを手にして立っていた。同僚の羊歯《しだ》くんだ。わたしと同じく四月に入社した。かれだけはいつもわたしがいるのに気づき、なおかつ声をかけてくれる。「よかろう、かけたまえ」とわたしはいすを引いてあげた。羊歯くんはこちらのトレーに目を落とし、今日もミートソースなんだねといって腰をおろした。

「ここのメニューではこれがいちばん肉っぽいのだよ。もっとレアなステーキなんかがあれば助かるのだが」

とわたしは気のない調子でフォークをうごかした。羊歯くんのトレーでは具のないうどんのどんぶりが湯気をたてていた。

「やっぱ血がないとだめなの？」

「ああ。地下をうろつくネズミでなんとか喉の渇きを癒《い》やしているよ。そうでもしないと衰弱するいっぽうだからね」

羊歯くんはうどんをすすりながらいった。

「だけど不思議だね。血を吸わないで衰弱していったら、いつか空腹で死んじゃうんじゃないの。なのに実際は不死なんでしょ?」

「不死のかわりに魂がないからね……」

とりあえずそう返事をしたものの、どうもこたえになっていないと自分でもおもった。羊歯くんは箸《はし》をとめ、そのまま考えこんだ。いいたい言葉がうまく見つけられないらしい。ようやく口をひらいたかとおもうと「チェスは強いの?」と調子外れな質問をした。

「なぜだね?」

「だってほら、最近は人工知能が人間を負かしたりするでしょ。あれってたぶん短い時間にとにかく速い速度で学習できるってことだよね。ベイシー伯爵の場合はさ、永遠の時間があるわけだから、速度は速くなくても人間よりもはるかに多くのことを学習できるんじゃないかな。そしたらチェスの腕前だってふつうではありえないほど強くなれるよね」

まあそれは一理あるかもしれない。

「だが時間があっても情熱がないんだ。それではなんの意味もないよ」

「そうか。やる気なんて関係ないっていうのもコンピュータの強みかもしれないね。

それじゃ人間がかなうわけないや」

「バンパイアだってお手上げさ。きみはいつもそんなことばかり考えているのだね？」

「考えはじめると眠れなくなって困るよ。完全に不眠症。よのなかわからないことだらけでさ……。ねえ、チェスじゃなくてもなにか特技はないの？　長年生きてきたんだから、なにか好きでやってたことはあるでしょ？」

と羊歯くんはこちらの顔を見つめたままうどんをする。わたしは遠い視線で昔をおもいだしていた。まだ自分になにかしらの情熱が残っていたころのことを。

「そうだな。ラグタイムピアノはけっこう練習したな。といっても一〇〇年にも満たないからそれほどの腕前でもないがね」

こたえながら地下室の調律の狂ったアップライトピアノをおもいうかべ、もう一度昔のようになにか弾いてみようかなどと考えはじめていた。

「古いクラシック音楽とか弾くのかとおもった。ピアノソナタとか」

「そっちは由緒正しいドラキュルの守備範囲だ。ドラキュラードには許されていないよ。ラグタイムはアメリカに住んでいたころ太った黒人に教えてもらったんだ」

「アメリカにいたんだ？」

「ああ。ずいぶんあちこち移り住んできた。インドやアフリカにも行ったな」

オーストラリアや南米にも。好きで世界を旅したわけではない。どこへいっても迫害され、けっきょくはその土地を去るほかなかった。最後にたどりついたのが日本だったというわけだ。もうほかに行くべき場所もない。だが羊歯くんはどんぶりから顔をあげていった。

「ぼくも世界を旅してみたいよ。でもこの調子じゃ一生この町から出られないんだろうな……」

今度気が向いたらラグタイムの演奏を聴かせてよとつけくわえ、かれは窓の外に目をやった。その横顔はなんだか少しさびしそうに見えた。

以前、なぜこの仕事を選んだのか、かれにたずねてみたことがあった。かれの話によると、一〇〇万頭の羊を数えても眠れないほどの不眠症なのだという。それなら豆を数えて少しでもお金を稼いだほうがまだましだとかれはこたえた。かれのように思慮深い知性があればもっといい仕事がありそうなものだが、貧しい家に生まれたため進学もままならなかったらしい。

そういうわたしはどうなのかとたずねかえされたが、わたしだってはじめは食肉工場を希望したのだ。だがあまりにがっつきすぎていて採用されなかった。あわよくば血の滴《したた》る新鮮な生肉をごちそうになろうという下心が見透かされていたらしい。それでも貯《た》めたお金でタキシードを新調できればとおもい、今の会社で働くことにしたのだ。わたしはかれにいった。

「きみにはまだ情熱が残されているようだね――」

人生の時間に限りがあるのとないのとでは、どちらがよいのだろうか。かれのような人物なら、恵まれた環境さえあれば多くのことを成し遂げられそうにおもえた。わたしはかれに永遠の命をわけてあげたいような気もした。だがやはりそんなことをしては気の毒だろう。わたしは力なくフォークを握ったまま窓の外を見やる。

かれは気を取り直すようにいった。

「なんでアメリカから引っ越したの？　ラグタイム好きだったんでしょ？」

「ほら、それはあれだ。わたしは見てのとおり気の弱い土豚《つちぶた》みたいな顔をしているだろう。どうもそれがアメリカ人のもつバンパイアのイメージといちじるしくかけ離れていたようでね。かれらはずいぶんとバンパイアというものに幻想を抱いているのだよ。だがしかし、かれらにバンパイアのなにがわかるというのだろうね？　おかげでずいぶんいじめられたものだ。あれにはけっこう傷ついたな」

「え、ちょっと待って。魂がないのに傷つくの？」

そういわれてみればそうだ。だが実際、傷ついた。なぜなのかは自分でもわからない。

「ああ。つくんだ。魂ってなんなのだろうね……」

わたしは皿のうえの冷えたスパゲティを見つめていた。

●●●

深夜の食事を終え、午前の仕事に取りかかった。作業室は一人一部屋わりあてられている。数えた豆がごっちゃにならないようにとの配慮らしい。わたしは数のあわない豆の袋を見つけ、作業報告書に黒丸をつけた。そこで宵の口にコシバマネージャーからいわれたことをおもいだした。黒丸じゃなくてバツ印をつけろと注意されたのだった。午後に作業した分も黒丸のままだ。いけない。こんなつまらないことで強制送還なんてごめんだ。

わたしは脚立《きゃたつ》を引き寄せた。そうして山のように積みあげられた豆の袋から作業報告書を抜き取り、一枚一枚チェックしていった。黒丸の報告書を見つけ、ボールペンでバツ印をつける。

「ぎゃー！」

おもいのほか十字架っぽくてあたまがくらくらした。黒丸を見つけるたびに恐怖におののきながらバツをつけた。そのたびごとにわたしは叫び声をあげてしまい、廊下を通りがかった作業員が怪訝《けげん》な顔で部屋をのぞきこんでいった。バツ印は立体感をもって報告書から浮き出してきて、身が焼かれるようなおもいがした。だがトランシルバニアで実際に八つ裂きにされるのに比べたらなんてことはない。わたしはぎゃーぎゃーいいながら、今夜の分の作業報告書にバツ印をつけていった。

×

夜が訪れるごとにバツ印をつける作業が日課となり、わたしはすっかりへとへとになっていた。いちだんと身体がやせおとろえたような気がする。夜番とはいえ支社マネージャーがいつ目を光らせているかわからないので気を抜くことはできない。足音も立てずに廊下を歩き、背後から作業室をのぞいて回っているのだ。ふりかえるとかれの姿はなく、あのいやな香水のにおいだけがあとに残っていることもしばしばあった。

××

目覚ましのベルが鳴り、棺のふたがあいた。今夜もまた十字架が待っているのかとおもうと憂鬱《ゆううつ》でおきあがるのもおっくうだった。それでもへまをするわけにはいかない。わたしのようなやつれはてたバンパイアを雇ってくれる会社はここだけだし、少しでも不平をいえば入国管理局に通報されてしまう。いやでも仕事をつづけるほかなかった。

ともかく新鮮な血への渇望《かつぼう》を満たすため、夕食のネズミを捕まえようと棺からおきあがった。だがどうもようすがおかしい。いつものように地下室特有の湿り気がかんじられなかった。目にここちよい反復模様を描いていた蜘蛛の巣は取り払われ、トカゲやネズミといった暗闇に住む生き物たちの気配も霧のように消え失《う》せていた。調律の狂ったアップライトピアノもなくなっている。わたしが眠っているあいだにだれかがすっかり部屋をきれいにしたようだ。塩素系漂白剤の鋭いにおいにわたしは鼻を曲げた。

床に這いつくばりながらネズミの影を探したが一匹も見つからなかった。わたしの腹がぐーぐー鳴った。なんということだ。みんな駆除されてしまったのだ。かわいそうに……とおもったが、わたしはかれらを食べていたのだ。それでもやはりかわいそうにおもった。あまりの空腹で身体が震えてくるのをかんじた。

ふらつく足取りで階段をあがり、やっとのことで跳ね上げ戸を押し開けた。玄関ホールでは受付のアオイさんがいつものように雑誌を読んでいた。床が無機的なまでにきれいに磨きあげられていて、夜の静けさが建物全体を包みこんでいるようなかんじがした。

わたしは磁石にでも引き寄せられるように彼女に音もなく接近していた。彼女はまるで気づいたようすがない。背後に忍び寄り、青白く太った肩肉にじっと目を落とす。催眠術にでもかけられたかのように視線が釘付《くぎづ》けになっていた。ごくりと生唾《なまつば》を飲みこみ、わたしは牙をむき出しにした――。

「青は静脈の青……全身をくまなくかけめぐる……」

ふいに彼女が読んでいたカラフルな雑誌の写真が目に飛びこんできた。レストランかなにかの広告らしく、ナイフとフォークが交差しているのが、ちょうど銀色にきらめくバツ印に見えた。わたしはおもわずぎゃーと叫び声をあげ、顔をそむけた。

「あー、いたの？」

おはよう、作業着さんとがらがら声であいさつされ、わたしはようやくわれをとりもどした。額に脂汗《あぶらあせ》がにじみ出ていた。なんてばかなまねをしようとしていたのだろう。こんなことをしたら彼女はバンパイアになってしまう。悪くすればいきおい余ってそのまま血を吸いつくし、彼女を死に至らしめてしまう可能性だってあった。そうなれば即、通報されて強制送還だ。夜のうちに逃げるという手もあるが、いずれにせよ日本にはいられなくなる。もうほかに行く場所など残されていないのに。それ以上に彼女はなにも悪いことをしていない。どうしてそんな人を傷つけることができようか。

彼女の姿を視界に入れないようにして、わたしはまっすぐ社員食堂へと向かった。食堂のカウンターへいき、水死体のような無表情で料理を注文した。

「スパゲティミートソースをレアで。といっても麺《めん》がレアなのではなくて、肉をレアでお願いします……」

「すまないね。うどんしかないんだ」

困惑した顔で食堂のおじさんがこたえた。

「えっと、では肉うどんをレアで。といっても――」

「ないよ。肉はないんだよ。天かすかキツネならあるけど」

「キツネって本物のキツネですか?」

「油揚だよ」

なんでも支社マネージャーのコシバさんの指示らしい。「豆さえあれば肉などいらない」というキャンペーンを開始したのだ。本部から抜き打ちの検査が来るとの情報をどこからか聞きつけ、健康的でクリーンなイメージを強く打ち出しているところをアピールしようと計画したのだという。それでわたしの地下室も掃除させたのだろう。

「ずいぶんおなかがすいてるようだね。肉はないけど、豆をたっぷりサービスしておいたよ」

食堂のおじさんは湯気のたゆたうどんぶりをトレーにのせた。豆うどんとでもいうのだろうか。うつわの半分が緑色の豆で埋めつくされていた。親切でやっているのだ。この時間の社員食堂にはわたし一人しかいない。食堂のおじさんに悪い気がして残さず食べた。最後のほうは豆を噛まずに飲みこむようにしてようやく平らげた。血液的な要素がみじんもなく、空腹はちっとも満たされなかった。大量の豆が胃袋でごろごろ転がっているのをかんじながら、わたしは堪えがたい飢餓感を抱えたまま社員食堂をあとにした。

×××

事故がおきたのは、羊歯くんが作業室に顔をのぞかせたときのことだった。

「ベイシー伯爵、だいじょうぶ？　食堂のおじさんからきいたよ」

わたしは豆のつまった袋の山に寄りかかって、がっくりとうなだれていた。緩慢な動作で顔をあげるのがせいいっぱいで、立ちあがる気力はなかった。深夜を過ぎたのに、今夜数えなければいけない袋はまだひとつもかたづいていない。

「自販機でトマトジュース買ってきたけど飲む？」

ありがとう、でもそれではなんの足しにもならないよ。血のかわりにトマトジュースを飲むバンパイアなんて子ども騙《だま》しもいいところだ。とわたしはこたえたが、まったく声になっていなかった。

「顔色が悪いね……」

と羊歯くんが心配そうにかがみこんでわたしの顔をのぞきこんだ。もともと紫色の顔をしていて、どうやったら視覚的にこれ以上悪い顔色になれるのか。鏡で見ることができないからわからないが、わたしはよほどまいっているらしい。このまま眠るように死ねたらどんなに楽だろうか。

医務室に行ったほうがいいんじゃないかなと羊歯くんがわたしの肩に手をかけた。そのとき喉の奥に引っかかってごろごろくすぶっていた豆うどんの豆が逆流し、わたしの胸をけいれんさせた。おもわず咳《せ》きこみ、緑の豆が鉄砲玉のように口から吐き出された。ネズミのしっぽばかりか、まるっこい豆さえうまく飲みこめなくなっていたらしい。豆はいきおいよく飛び出し、羊歯くんの鼻先で跳ね返った。だがそれだけではすまなかった。羊歯くんは小さな叫び声をあげて喉もとを押さえた。入れ歯だ。わたしの入れ歯がはずれて、かれの喉に刺さったのだった。鈍い音をたてて入れ歯が床に転げ落ちる。

羊歯くんの喉から血が流れ出ていた。たいへんだ。助けを呼ばなければ。だが入れ歯なしではわたしの声はいよいよ言葉にならない。わたしはあわてて入れ歯を拾いあげ、震える手で口にはめなおした。入れ歯は血の味がした。かれの血液が牙に付着していた。口のなかにその味がぱっと広がる。人間の血だ。わたしのあたまの裏側で巨大なバラの花びらが炸裂《さくれつ》した。眼球が深紅の光を放ちはじめたのが自分でもわかった。みるみるうちに身内に活力がみなぎってくる。いにしえの暗い神々との一体感が呼び覚まされ、たゆたうような陶酔に包まれていった。ひさしぶりの感覚だった。

「羊歯植物は魔法の草……媚薬《びやく》、増毛、未来が見える……動物をあやつり、身体を透明にすることもできる……」

とりとめのない想念がわたしのあたまのなかをかけめぐった。極彩色の渦巻き模様が目の前でぐるぐると回りはじめる。それまで抑えていた自制心がとうとう失われた。喉に手をあててうろたえている羊歯くんに飛びかかり、かれを床に押し倒した。もはやあともどりは不可能だった。叫び声もなにも耳に入らなかった。わたしはかれの喉もとに嚙みついて、ごくごくと血を飲みこんでいた——。

「んまあーい！」

わたしはおもわずバンザイポーズで両手をあげた。頭と身体をたがいちがいにくねくねうねらせ、極上のカレーを食べて興奮したインド人のような踊りを踊ってしまった。ムンバイにいたころ身についたのだ。当時は植民地時代の名残でまだボンベイと呼ばれていたが。わたしの口から人間の血がぼとぼとこぼれ落ちる。鼻息荒く、目がまるまると見ひらかれていた。耳はぴんと立ち、カエルみたいに顔が真っ赤にふくれあがっているのがかんじられた。

「はっはっはっは」

わたしが高笑いをすると天井の電球や蛍光灯が軒並み砕け散っていった。まるで建物のブレーカーが落ちたかのように部屋も廊下も暗くなった。心地よい暗闇が構内をひたしていく。稲妻が夜空に亀裂《きれつ》を入れ、激しい雷の音が窓ガラスを震わせた。こんなに力がわいてくるのは何年ぶりのことだろう。生きているという実感がした。日本へ来てからの憂鬱が嘘のように消えていった。わたしはいてもたってもいられず、作業室を飛び出し夢中で駆け出した。風のような速度で廊下を疾走し、舞いあがるように階段をのぼっていった。

突きあたりのドアを吹き飛ばし、屋上へ出た。月夜に眠る疲れた町並みが遠い山の麓《ふもと》まで静かに横たわっていた。にわかに天がかき曇る。屋上の縁に足をのせると背後から一陣の風が吹きつけた。わたしが呼びよせたのだ。コウモリたちが空で祝福の声をあげていた。わたしは大きく深呼吸し、

「アホイ！」

とかけ声をあげ、空へ飛び出した。夜のしじまにわたしの声がこだまする。わたしは両腕を広げて、湿り気を帯びた風を抱きしめた。夜のキリマンジャロを滑空している気分だった。漆黒の闇と一心同体になることで、自由自在に夜空へ飛翔《ひしょう》するのだ。

が、そこでようやく気がついた。

「あーケープ忘れてたー」

支社マネージャーに注意されてから、わたしは昼間眠りにつくときでさえも作業着姿だった。四階建て。地上一三メートル。駐車場のアスファルトがあっというまに鼻先に迫ってくる。コウモリたちがけたけたとわらう声が遠くできこえた。なすすべもなく激突。わたしはしたたかにあたまを打った。

だがわたしは不死身の身。心臓に杭を打ち込むか、首を切り落とすか、あるいは太陽の光を浴びて身体が灰となって砕け散るかでもしなければ、決して死なないのだ。わたしは激しい痛みにさいなまれながらゆっくりとおきあがった。首が曲がってしまったらしい。駐車場がななめに傾いて見えた。まぬけな自分にため息が出た。腕が肩からはずれてぶらさがっている。左右の足の向きだってちぐはぐだ。息が喉の横からぴゅーぴゅーともれていた。

あ、そうだ。そういえば、説明するのを忘れるところだった。羊歯くんはバンパイアになったのだ。ドラキュラードとしてのこころがまえをしっかりと教えてあげなければいけない。すごく大事なことなのに、ひさしぶりの人間の血にすっかり興奮してしまった。わたしは手足の向きをてきとうに整えると、おおいそぎで現場に舞いもどった。

「羊歯くん、汝に知恵を授けよう――」

作業室に飛びこんで、わたしはさっと顔が青ざめた。もちろん視覚的にではなく心理的にだ。暗がりのなかで喉から血を流してあおむけになっている羊歯くんを、文社マネージャーのコシバさんが抱きかかえていたのだ。マネージャーはわたしの声にふりむくと怒りのこもった目でにらみつけた。

「おまえはなんてことをしてくれたんだ……」

わたしはマネージャーの視線をさけるように背中をまるめ、そっと羊歯くんの顔をのぞきこんだ。今にもむっくりおきあがって、マネージャーの首に牙をたてるのではないかと気が気でなかった。だが、羊歯くんはぴくりともうごかなかった。なんということだろうか。わたしは吸いすぎたのだ。あまりの空腹に、われを忘れて骨の髄まで血を吸いつくしてしまったのだ。わたしはかれを殺してしまった。不眠症の羊歯くんを永遠の眠りにつかせてしまった。眠れぬものに安らぎを……。

わたしの目から涙がぽとぽとこぼれ落ちた。涙がななめにほおを伝う。魂なんてないはずなのに、わたしは涙がとまらなかった。

××××

通報されて逮捕、トランシルバニアに強制送還……それが当然の報いだとおもっていた。だがコシバマネージャーの言葉は意外なものだった。

「死体を埋めろ」

わたしがあっけにとられていると、中庭に埋めるんだとかれは暗がりのなかでつぶやいた。わたしは返答に困り、しどろもどろになった。かれの香水のかおりがやたらと鼻についた。狼狽《ろうばい》をけどられたくなくて、なんとはなしに両手で傾いた首をまっすぐにもどした。粘土細工と同じ要領だ。たっぷり血を吸ったおかげでバンパイア特有の回復力が回復していた。

しかし死体を埋めろとはどういうことだ。わたしはすぐには承服できなかった。

「なにかほかにいい考えでもあるのか。それともあれか。おまえはおれをクビにしたいのか。こんな事故がおきたと本部長にしれたら、おれはまちがいなくクビだ。ひょっとしてそれが狙《ねら》いなのか。どうなんだ、この能なしの老いぼれ野郎。腐ったナスみたいな面《つら》しやがって。生まれ故郷に帰されたいか」

わたしはかれの顔を見かえすことができなかった。

よかろう……と力なくこたえ、わたしはマネージャーに手を貸し、死体の腕をつかんで暗い廊下をひきずっていった。遠くで雷が鳴りつづけていた。ときおり廊下の窓ガラスが稲光で白く染まり、目の奥がやたらとちかちかしてしかたなかった。じっとりとした空気が皮膚にまつわりついて、ひどくうっとうしかった。ほかの作業員たちとすれちがわなかったのは不幸なのか幸いなのか。照明が消えてから、われたライトといっしょにみなどこかへいなくなってしまったかのように構内は静まりかえっていた。

錆《さ》びついたシャベルで中庭の地面に穴を掘りながら、わたしとマネージャーは無言で汗をしたたらせていた。ひどく蒸し暑い夜だった。ふたりとも上着を脱いで地面から土をかきだした。かたわらには羊歯くんのひょろ長い身体がぼろ切れの塊みたいに横たわっていた。とてもじゃないが直視する気にはなれなかった。

わたしはなにも考えなかった。なにも考えないようにあたまのはたらきを停止させていた。穴を掘るという単純作業がそれを助けた。

ぬるま湯に沈んでいるようなかんじがするほど蒸した空気が、その臨界点を超え、ぽつり、ぽつりと大粒の雨が空から落ちてきた。中庭にはすっかり大きな穴が空に向かって口をあけ、地上に存在するのにふさわしくないものを飲みこもうと待ちかまえていた。

「おれとおまえだけの秘密だからな」

マネージャーはわたしの横顔をじっと見つめてささやいた。わたしはあいまいな視線のまま、シャベルを力なく地面に置いた。金属音が耳の奥にみょうな具合に響いた。

「やっぱり、できません……」

暗い墓穴を見つめ、わたしはそうつぶやいていた。これでは羊歯くんの魂は永遠に地上をさまよいつづけることになる。その苦しみを想像すると、きちんと埋葬してあげるべきだとおもった。それでわたしがトランシルバニアに帰されることになってもかまわないとおもった。

ふいに空気の引き裂かれる音がした。気がつくとシャベルのへらがわたしの目の前にひらめいていた。直後、わたしはよこざまにくずおれた。痛みの感覚はない。そのまま気絶しそうなかんじがしたが、倒れただけだった。また首が九〇度に曲がってしまった。ぼう然としてなぜだか身動きがとれなかった。あたまを殴られたせいなのか、それとも別の理由があるのか、わたしにもわからなかった。マネージャーは羊歯くんの死体を穴の底へ蹴《け》り落とし、土をかぶせていった。雲が低くたれこめ、空から降ってきた雨粒がようしゃなくわたしの顔に打ちつけていた。

×××××

翌夜。午後八時、棺から出て階段をあがると地上が騒然としていた。スーツ姿の見知らぬ人びとが玄関ホールにひしめいている。受付のアオイさんがデスクのうしろに立って巨体をふるわせ、目をまるくしてそのようすをながめていた。警察と入国管理局の役人たちだった。人間の死体をうまく隠せるはずなどなかったのだ。中庭の地面からひょろ長い人間の手が突き出ているのを作業員が発見して通報したらしい。

わたしは血の気が引くのをかんじた。階段の上からだれかが鋭い声をあげ、わたしを指さした。コシバマネージャーだ。とたんにその場にいたすべての人の視線がこちらに集中した。その視線に射貫《いぬ》かれるようにわたしはあたまがぐらりとなった。どうしたものかまごついているうちに、わたしは役人たちに取り囲まれていた。いかめしい顔をした警官たちが重たそうな警棒を持ってわたしにつめよる。

わたしの脳裏に遠い昔に非人間的な迫害を受けた記憶が鮮明によみがえった。いやだ。トランシルバニアには帰りたくない――。

わたしはじりじりと壁際に追いつめられた。逃げ場はない。右から左からつぎつぎにのびてくる腕。よすんだといってその手をふりはらったが、わたしのいうことなどだれもきかない。四方八方からあびせられる怒鳴り声で玄関ホールがぐるぐる渦をまいて見えた。ひときわ屈強そうな腕がわたしを乱暴につかんだ。反対側から警棒が飛び出してきてわたしのあたまにふりおろされる。わたしは反射的にだれかの腕に嚙みついていた。

あ、といって顔を青ざめさせる警官。わたしも、あ、といっていた。

警官はみるみるうちに形相を変化させ、顔が青紫になる。口から牙が生えてきて、ぴんととがった耳が帽子のわきから突き出していた。「ベラルゴシ！」といってかれはとなりの警官の喉もとに嚙みついた。

となりの警官もバンパイアになり、そのとなりの警官に嚙みつく。そのとなりの警官もそのまたとなりの警官に嚙みつき、そのまたとなりの警官もさらにそのまたとなりの警官に——。嚙みつきは警官ばかりか役人たちにも飛び火。工場の作業員たちだって例外なく嚙んで嚙まれてバンパイアと化していった。気がついたら玄関ホールは信号機のように赤く目を光らせたバンパイアの群れでいっぱいになっていた。みんなたがいに嚙みつきあって笑顔で口から血を滴らせている。なんということだ。わたしのせいで全員バンパイアになってしまったぞ。

混乱のなか、わたしは壁際に立って考えていた。

はて、まずはドラキュラードとしてのこころがまえを説明するのが先か、それともやはりおきまりの前口上で、汝らは闇に生きる種族になったのだという事実を告げることからはじめたほうがいいものか……。

だがそうした企てをあれこれ検討するのも、もはや意味がなさそうだった。みんな血を吸うことに夢中で、もうだれもわたしになど見向きもしない。ある者はトカゲのように壁や天井に張りついて愉快そうな金切り声をあげてみたり、ある者は念力ですを宙に浮かせてみたり、ある者は壁に突進して怪力で人形《ひとがた》の穴をあけてみたり――。突如としてわいてきた超人的な力で、気分がこのうえなく高揚しているようすだった。なかには大声をあげて血まなこで豆を数える作業員バンパイアもいた。本能なのだ。嚙みつきあいはまたたくまに建物の上階まで波及していった。収拾がつかなかった。これでは大規模な説明会でも開催しなければ、掟《おきて》やこころがまえを伝えるのは無理だ。

説明会にはみんな出席してくれるだろうか、おおぜいのまえで緊張せずに上手に説明できるだろうか、それ以前にどうやって説明会の時間と場所を告知しようなどと心配して、ホールを右往左往していたら、太ったバンパイアに突き飛ばされて床にひっくり返ってしまった。アオイさんだ。カラフルな雑誌をむしゃむしゃかじり、めがねの奥で深紅の瞳《ひとみ》をぎらぎらと輝かせていた。青紫のボウリングの球みたいな顔でけたけた牙をむいて受付デスクの上で踊っているのはコシバマネージャーだ。喧騒《けんそう》を逃れるようにわたしは玄関を出た。被害が建物の外まで拡大しないよう、入り口をふさがなければとおもった。雷をはらんだどす黒い雲が垂れこめ、生ぬるい風が吹きつけてくる。叫び声や金切り声、はっはっはっはという高笑いが街路にまで響いていた。豆のつまった袋が空から地面に落ちてきた。袋が破れてアスファルトに飛び散った豆を数えたくなる衝動をこらえて建物をふりかえると、二階や三階の窓ガラスがわれ、テーブルやいすが空へ放り出されるのが見えた。工場全体でバンパイアが大暴れしているらしい。ふと屋上に人影を認め、悪い予感におそわれた。

「おい、待つんだ」

わたしは両手をふってその男を押しとどめようとした。だがかれは「アホイ!」といってテーブルクロスをまとって空に飛びたってしまった。はじめは足をじたばたさせた無様な飛び方だったが、すぐにこつをつかんでカラスのようにすいすいと滑空できるようになった。

このままでは町の住民までがバンパイアと化してしまう。わたしも空を飛んでかれを追いかけ捕まえなければとおもった。だがわたしは作業着姿。ケープは地下室の壁にかけっぱなしだ。取りにもどろうか迷ったものの、よく見ればすでに暗い夜空を何人ものバンパイアが縦横無尽に飛びかっているのに気づいた。だめだ。もう手後れだ。手のほどこしようがない――。

噛みつきは次から次へと連鎖し、あっというまに町中に伝染していった。町のみんな一人残らずバンパイアだ。青紫色の顔で楽しげに高笑いしながら通りや空を行き交う人びと。すれちがいざまに噛み、車を停止させて噛み、二階の窓を突き破って噛み……。稲妻がひっきりなしに明滅する空の下、笑い声と叫び声が町をおおっていった。万能感に包まれた病的な浮かれ騒ぎが町中に蔓延《まんえん》していった。

わたしは胸の奥が無力感でいっぱいになっていた。深夜過ぎ、しょんぼりと背中をまるめて地下室へもどった。わたしの責任だ。バンパイアとしてのこころがまえを説明できなかったせいで、今日の朝にはみんな朝日にやられて死ぬだろう。わたしは棺のなかに横たわり、静かにふたを閉じた。いまにもニワトリの鳴く声がきこえ、それからすぐにバンパイアと化した人びとの阿鼻叫喚《あびきょうかん》がきこえてくるのではないかと気が気でなかった。町は壊滅。住民は太陽の光をあびて灰となり、跡形もなく消え、一夜にして空洞のゴーストタウンが完成だ。ふと、今夜は早起きして夕日を見ようかという考えがあたまをよぎった。何百年ぶりかに太陽を見るのだ。まだ自分が限りある時間のなかに生きていた人間だったころのように。空を橙色に染めあげる黄昏のまぶしさに目をほそめて……。そうしてわたしは身体が光に砕けて溶けていく夢を見ながら眠りについた。

××××××

翌夜。午後八時、棺から出て階段をあがると地上が騒然としていた。見知らぬ人びとが玄関ホールにひしめいている。受付のアオイさんがデスクのうしろに立って巨体をふるわせ、目をまるくしてそのようすをながめていた——。

どうもおかしい。わたしは首をかしげた。

階段の上からだれかが鋭い声をあげ、わたしを指さした。コシバマネージャーだ。わたしは恐怖に駆られた。目の奥で灰色の渦巻きが高速で回転しはじめる。気がつくとわたしはなかば無意識のうちに、あわただしく行き交う警官の腕に嚙みついていた。警官はみるみるうちに形相を変化させ、顔が真っ赤になった。それから目をつりあげて「邪魔をするな！」といってわたしのあたまを警棒で殴りつけた。わたしは、あ、痛いといった。嚙まれた警官がバンパイアに変身するようすはない。すぐに自分が入れ歯をしていなかったことに気づいた。そういえば外して洗浄したのだ。アオイさんに借りた塩素系漂白剤で。羊歯くんの血のついた牙をそのままはめているなんて、とてもじゃないが耐えられなかった。

　そしてもっと重大なことに気がついた。

　予知夢だ。人間の血液を大量に飲んだ影響で、予知能力もよみがえっていたらしい。なんだかようすがへんだとおもったら、わたしは棺のなかで未来を透視していたのだ。ということはつまり……けっきょくのところわたしは逮捕されることになるのだな。そうするほかなかろう。未来は変えられる。無体に嚙みつきかえして罪のない人びとを滅亡に追いやるわけにはいかない。下賤《げせん》なドラキュラードとはいえ、わたしにだってバンパイアとしてのプライドがある。いさぎよく連行されようじゃないか。強制送還だって受け入れよう。わたしはそれだけの罪を犯したのだから——。

　わたしは警官たちに取り押さえられ、袋叩きになるのを覚悟した。だが実際にそうなったのはマネージャーのほうだった。かれは手錠をかけられ逮捕された。殺人と死体遺棄の容疑だという。マネージャーは青ざめた顔で肩を落としていた。わたしはあわてて警官を呼び止めた。

「ちょっと待ってくらはい。わたひでふ。わたひがやったんでふ。わたひがひだくんを嚙みほろしたんでふ。だってわたひはバンパイア。血への衝動をおはえきえなかったのでふ……」

入れ歯がなくてうまく話せなかった。体格のいい若い警官がふりむき、

「あんたがバンパイアだって？　土豚のまちがいじゃないのか？」

というと警官みんなが大笑いになった。わたしは作業着のポケットから入れ歯を取り出してはめた。

「ほら、いかがです？」

牙をにっとさせる。

「よけい土豚っぽくなったぞ」

わたしは泣きそうな顔になっていたにちがいない。警官は事情を説明しはじめた。

「コシバという男は狼男《おおかみおとこ》なんだよ――」

ロケットみたいないきおいでわたしの口から入れ歯が飛び出し、きれいに磨かれた床を音をたてて転がっていった。あわてて追いかけひろいあげ、口にはめなおす。

「ま、まさかそんなわけないじゃないですか」

「事実なんだからしかたないだろ」

「しかし……ちっともそんなふうには見えないのですが……」

「そういうあんただって、とてもバンパイアには見えないけどな」

「でも狼男にしてはいくぶん小柄すぎるのではないですか？　わたしは長年生きてきましたから、ドイツやローマの森で何度か狼男とあいまみえることがありました。ですがあんなに小さな狼男はいませんでしたよ？」

「ニホンオオカミオトコだからな。世界でもっとも小型の狼男のひとつだ」

「えっと、絶滅してませんでしたっけ？」

それはニホンオオカミであって、われわれがいっているのはニホンオオカミオトコだとその警官はいった。

「だいたいあんたにニホンオオカミオトコのなにがわかるっていうんだ？」

わたしは豚みたいな顔で口をぽかんとあけてしまった。なんでも以前から指名手配されていたらしい。中庭から掘り返された羊歯くんの内臓は食い荒らされていた。そんなことをするのはニホンオオカミオトコだけ。自然健康食品工場の健康的でクリーンなイメージを隠れ蓑《みの》にしていたのだという。

そういえば昨夜は空も工場も暗かったし、罪の意識でマネージャーの顔も羊歯くんの死体もまともに見ることができなかった。それからマネージャーが死体の第一発見者だということをおもいだした。冷静になって考えてみれば、わたしだって羊歯くんが死んでしまうほど血を吸ったという感覚もなかった。

けっきょく支社は閉鎖され、従業員は全員解雇になった。羊歯くんはもういない。アオイさんはこれからどうしようと口ではいっていたが、その顔はどこか満足そうに見えた。わたしも仕事を失ったが、とりあえずトランシルバニアへ帰される心配はなくなった。

†

わたしは夜の町をさまよい、昼は下水道の奥深くで眠って過ごした。例年になく暑かった夏も終わり、秋の気配がかんじられるようになったころ、一匹のコウモリからちょっとした噂話《うわさ》を耳にした。羊歯くんが墓からよみがえったというのだ。そうしてドラキュラードとなって世界に旅立ったのだとコウモリはきーきー声で教えてくれた。そうだ。もしコシバマネージャーに襲われるよりも先に、かれがすでにバンパイアに変身していたのなら。自制心を発揮してマネージャーに嚙みつくのを抑えていたのなら。それならいくら内臓を食い荒らされたところで死にはしない——。わたしはその話をきいてうれしくなった。同時にだいじょうぶだろうかと羊歯くんの行く末が心配になった。だが、かれならもしかしたらうまくやっていけるかもしれない。なぜだかそんな気がした。わたしはいつかアメリカあたりでバンパイアになった羊歯くんと再会し、さびれた酒場でラグタイムを弾いて談笑している夢を見ながら、下水道の底で眠りについた。

解説

杉江松恋

我を忘れるほど面白いのに、読み終えた瞬間、泡のように消えてしまう。それが一條次郎の小説である。

『動物たちのまーまー』は文庫オリジナルの形で刊行される、作者初の短篇集だ。ここには七つのあぶくが収録されている。ぜひ、読んでもらいたい。そして、ぽかんと消える小説を読んで、ぽかんとしてもらいたい。

題名の「まーまー」は英語の「murmur」、「動物たちの呟《つぶや》き」という意味だろうが、「まあまあ」という雰囲気もある。動物たちが、まあまあ、ととりなしている。もしくは、まあまあ元気でやってます、といった感じである。

まことに一條作品は内容を紹介しにくい。いや、小説としての構造や、表現の面白さについてはいくらでも言える。しかし、それはどんなお話なの、と聞いてくる人が求めているのが「あらすじ」であった場合、説明するのは至難の技だ。

収録七作のうち私が最も好きなのは「貝殻プールでまちあわせ」（初出：「小説新潮」二〇一八年十二月号）なのだが、これを紹介するとすれば以下のようになる。「語り手の〈おれ〉は清掃会社の社員なのですよ。彼は社長からある別荘の掃除を命じられる。依頼人は画家で、ボッティチェリ『ヴィーナスの誕生』をまねした絵ばかり描いている。別荘にはヴィーナスが載っている貝殻の形をしたプールがあるんですね。行くと着想が浮かぶということで依頼人は大事にしている。そこを一週間で綺麗《きれい》にするというお仕事。ちなみに依頼人の画家は元マフィアです」

「元マフィアってなんだ。だいたい要るのか、その設定は」

「書いてあるんだから仕方ないでしょう。で、語り手が別荘に行ってみると、そのプールにラッコが浮いていて、掃除ができない」

「追い出せばいいじゃない」

「凶暴なラッコなんですよ。で、そのラッコが社長に変身する」

「なんだって」

「社長に変身するんですよ。腹のたるんだ中年男が、あおむけで水に浮かんでいる」

だいたいこのへんで、ふざけているのか、と叱《しか》られることになる。いや、ふざけているのだと思う。私ではなくて、作者が。社長の姿をしたラッコは、ホタテをくれたらすぐにでも出ていく、というものだから、〈おれ〉はそれを買いに行く、というのが序盤の展開だ。序盤も何もなくて「中年男の姿をしたラッコを説得するためホタテで買収する」というのがこの話のすべてなのだが。

書いてみて、改めてびっくりした。見事に内容がない。いや、中身がなくて虚《うつ》ろだという意味ではない。むしろぎゅっと詰まっている。詰まりすぎて過剰ですらある。元マフィアという設定だとか、なぜか二枚貝の形をしているプールだとか、端々の設定が異常に凝っているのが一條作品の特徴だ。舞台装置は賑《にぎ》やかなのに、その上で繰《お》り広げられるのがラッコを相手にした男の一人相撲だというのがうら寂しく、また可笑《か》しい。廃遊園地の中で演じられる無観客のパントマイム、とでも評すれば雰囲気は想像していただけるだろうか。

一條次郎のデビュー作は、二〇一五年に第二回新潮ミステリー大賞を獲得した『レプリカたちの夜』（現・新潮文庫）だった。この作品の問題点は、抜群に優れた小説ではあるが「まったくミステリーではない」ことであった。二〇一六年に刊行された単行本のカバー裏には、異例といっていいほどに長い内容紹介がある。そこに書かれた文言が選考委員や担当編集者の苦悩を表している。「本作には確かにミステリー的な面白さの要素も入っている。だが、それをもってこの作品をミステリーだといってしまえば、ミステリーはあらゆる文学ジャンルを内包してしまう」「その意味で、そもそも『新潮ミステリー大賞』と題した賞に応募してきたことが、この作品の抱える大きな謎《なぞ》のひとつだ」——明らかにこれはやけくそである。

『レプリカたちの夜』のミステリー的面白さとは、工場内を二足歩行するシロクマが徘徊《はいかい》していたという目撃情報は真か偽か、という序盤で示される謎のことだろう。しかし、その要素は作品の中では枝葉《しよう》にすぎない。なぜならば、小説の中盤で本当に二足歩行するシロクマが出てきてしまうからだ。このシロクマはシロクマでしかないから人語を喋《しゃべ》ったりはせず、「アール！」と叫んで主人公たちを襲ってくる。動物そのものなのだ。

本書収録の「採《と》って穫《と》って盗りまくれ」（初出：「小説新潮」二〇一六年二月号）は受賞後第一作となる短篇で、だからなのか熊《くま》を巡る話である。熊が畑からトウモロコシを盗んだので何とかしてくれ、という依頼を探偵が引き受ける。この探偵は熊の着ぐるみを所持している。なぜ探偵が熊の着ぐるみを、という質問が飛んできそうだが、もうそろそろ無駄だということがおわかりかと思うので勘弁していただきたい。とにかくそうなのだ。ご近所を熊がうろついていたらいかに人間はたいへんで狼狽《ろうばい》するかという話で、『レプリカたちの夜』にも呼応する部分がある。

巻頭に配された「テノリネコ」（初出：「小説すばる」二〇一七年八月号）を読むと、人間の思惑を超えたもの、人間社会と対置される自然の象徴が本書における動物なのかな、という印象を受ける。テノリネコは大人になっても人間の手のひら大という奇跡のような猫なのだという。主人公の〈わたし〉は海外出張に出かけた社長（また社長だ）からテノリネコのネコチャンを預かる。そういう名前なのである。ところが落し穴があり、騒音を聴くとその分だけテノリネコは大きくなってしまうのである。〈わたし〉の近所には無限多重奏なる他人迷惑な技法でピアノを弾く者がいて、ネコチャンはどんどん巨大化していく。その昔、縁日ではいんちきなヒヨコ売りが出ていて、育っても大きくはならないという香具師《やし》の言葉を真に受けて飼うと、またたくまに成長してやかましくときを告げる鶏になったものである。その図式を思い出すような一作だ。

一條にはもう一つ、徹底した言葉遊びという武器がある。繰り返しや言い換えなどの技芸に長《た》けている作家なのだ。特に異化作用というべきか、読者にとって耳慣れた言葉を少しずらすことで異国語のように聞かせてしまうのがこの書き手は抜群に巧《うま》い。「テノリネコ」を例に挙げると、〈わたし〉の家にやってきて爆音で映画ビデオを観てはテノリネコを大きくさせる友人の名がユージーン、近所の迷惑なピアノ弾きがバーサーンと呼ばれる。言うまでもなくばあさんだからだ。製材所に勤務している隣人はリンジーン、その別れた奥さんはマルータである。このくらいはまだ言葉遊びとしては序の口。

「ヘルメット・オブ・アイアン」(初出:「小説新潮」二〇一九年十月号)は、「貝殻プールでまちあわせ」と同じくらい好きな作品である。題名からすぐに結びつく読者はあまりいないと思うが、本作は芥川龍之介「杜子春《とししゅん》」のパロディになっている。洛陽《らくよう》の都で世をはかなんでぼんやり立っていた杜子春を拾ってくれた仙人がいた。あの名前が鉄冠子《てっかんし》、つまりヘルメット・オブ・アイアンだ。本作は、その杜子春の成功を「こんな簡単にいい家を手に入れる方法があるなんて」と羨《うらや》む男が、同じようにうまくやってやろうと仙人を探す話である。そう書くと、芥川作品に詳しい人なら、いやその展開はまずいことに、だってほら、とかなんとか呟くと思うが、その心配はまったくご無用である。なぜならば途中で「杜子春」的展開のお約束は反故《ほご》にされ、話は予想外の方向に舵《かじ》を切ることになるからだ。ものすごい出鱈目《でたらめ》をやっているように見えてそうではなく、きちんと中国説話文学として着地するから小面憎《こづらにく》い。数ある「杜子春」パロディの中でも、かなり秀逸な部類に入るのではないだろうか。題名から想像がつく通り、全篇が言葉遊びの連続であり、特に杜子春の弟としてトシアキが出てきたときには意表を衝《つ》かれて大笑いした。家に「杜子秋（三男）」と表札が出ているのである。春夏秋冬の兄弟なのか。あれは訓読みする名前なのか。

こういう遊びがどの小説にも尽くされている。共通するのは読者を浮足立たせずにはいない慌《あわ》ただしさ、結末へと運んでいってしまう素早さだろう。グルーヴ感、と言い換えてもいい。たとえば「まぼろしの地球音楽」（初出：「小説新潮」二〇一九年十二月号）は、海外進出のため中国にやってきたエルヴィス・プレスリーもどきのミュージシャンとマネージャーの犬が食い逃げをしたために皿洗いをさせられ、そこからどんどん転落して思いがけない地の果てまで行ってしまうことになるという話である。

不幸の数珠《じゅず》繋《つな》ぎといえば作者の第二長篇『ざんねんなスパイ』（二〇一八年。新潮社）もそうで、七十三歳にして初めて仕事、それも要人暗殺を任された老スパイが、周囲のペースに巻き込まれた挙句、なぜか地方紙の一面を飾るような英雄に祭り上げられてしまう。この長篇は『レプリカたちの夜』よりも諷刺《ふうし》小説の要素が強く、過疎《かそ》化・空洞化した地方都市の現状が背景に描き込まれているように見える。本書収録作でいえば巻末の「ベイシー伯爵《はくしゃく》のキラー入れ歯」（初出：「小説すばる」二〇一八年四月号）もその傾向があり、吸血鬼の末裔《まつえい》が工場の単純作業に従事しているという設定である。血を飲む代わりに生肉を食いたいと考えても、虐《しいた》げられた労働階級であるためにままならないのだ。そのことがやはり、終盤の「不幸の数珠繋ぎ」に結びつくことになる。

諷刺小説の要素が強いと書いたが、優れた滑稽《こっけい》小説の共通点というものだろう。社会の縮図を背景に配して、読者が作中に我が身を発見するための鏡として使うのである。抜き差しならない羽目に陥っている登場人物は他ならない自分でもある。そう気が付いたときに怒る人は怒るだろうし、笑う人は笑うだろう。滑稽小説に向いている読者はどちらかといえば後者であり、できれば私はそっちとお友達になりたい。

一條次郎の小説を読むと、私はいつも大笑いしながらも薄ら寒い心地になる。小説が円環構造を持っているためで、読み終えたときに元の場所に戻ってくるように作者は計算して書いている。元の場所とはせちがらい日常であり、非日常の出来事によって我が身が一瞬浮揚したように見えても、重力の制約は厳しくてまた地上へと引きずり戻される。大長篇の夢を見たあとで目覚めるようなものであり、そのすべてを回り切ったという満足感と、非現実の世界に留まれなかったという失意とが共に襲ってくる。夢の中で現実の異なる側面を見せられたこともあり、目覚めたあとには世界が少しひんやりとしたものに感じられるだろう。そのよそよしさもまた、苦い楽しみではある。

ここまで触れなかった「アンラクギョ」（初出：「小説新潮」二〇一七年一月号）は、ネコビトなる怪しい生き物がうろつく世界での出来事を描いたものである。収録された中では最も毒気の強い短篇であり、大崩壊としか言いようのない結末が訪れる。主人公は「おしまいだ……」と呟いてこの幕切れを呆然《ぼうぜん》と見守るのだが、この終末感漂う風景こそ、一條作品の基層なのだと私は感じた。最初から終わっていて、決して良くはならず、ただ受け入れるしかない現実を一條は直視する。そんなもの、もう笑い飛ばすしかないだろう。

笑っていればその間、五センチくらいは地上から浮いているかもしれないのだし。

（二〇二〇年一月、書評家）

初出一覧

「テノリネコ」　小説すばる　二〇一七年八月号
「アンラクギョ」　小説新潮　二〇一七年一月号
「貝殻プールでまちあわせ」　小説新潮　二〇一八年一二月号
「採って穫って盗りまくれ」　小説新潮　二〇一六年二月号
「まぼろしの地球音楽」　小説新潮　二〇一九年一二月号
「ヘルメット・オブ・アイアン」　小説新潮　二〇一九年一〇月号
「ベイシー伯爵のキラー入れ歯」　小説すばる　二〇一八年四月号

本書は文庫オリジナル短篇集です。

一條次郎著　**レプリカたちの夜**
新潮ミステリー大賞受賞

動物レプリカ工場に勤める往本は深夜、シロクマと遭遇した。混沌と不条理の息づく世界を卓越したユーモアと圧倒的筆力で描く傑作。

彩藤アザミ著　**サナキの森**
新潮ミステリー大賞受賞

小説家の祖父が書いた本に酷似した80年前の猟奇密室殺人事件。恋も仕事も挫折した引きこもりの孫娘にはその謎が解けるのか？

彩藤アザミ著　**昭和少女探偵團**

この謎は、我ら少女探偵團が解き明かしてみせませう！　和洋折衷文化が花開く昭和6年の女学校を舞台に、乙女達が日常の謎に挑む。

彩藤アザミ著　**謎が解けたら、ごきげんよう**

晴れた日にずぶ濡れの傘、無人の懺悔室に響く声、見世物小屋での誘拐騒ぎ……。乙女の心を騒がす謎を解く、女学生探偵団登場！

生馬直樹著　**夏をなくした少年たち**
新潮ミステリー大賞受賞

二十二年前の少女の死。刑事となった俺は、少年時代の後悔と対峙する。「得がたい才能」と選考会で絶賛。胸を打つ長編ミステリー。

伊坂幸太郎著　**フィッシュストーリー**

売れないロックバンドの叫びが、時空を超えて奇蹟を呼ぶ。緻密な仕掛け、爽快なエンディング。伊坂マジック冴え渡る中篇4連打。

河合隼雄著
猫だましい
心の専門家カワイ先生は実は猫が大好き。古今東西の猫本の中から、オススメにゃんこを選んで、お話しいただきました。

谷崎潤一郎著
猫と庄造と二人のおんな
一匹の猫を溺愛する一人の男と、二人の若い女がくりひろげる痴態を通して、猫のために破滅していく人間の姿を諷刺をこめて描く。

夏目漱石著
吾輩は猫である
明治の俗物紳士たちの語る珍談・奇譚、小事件の数かずを、迷いこんで飼われている猫の眼から風刺的に描いた漱石最初の長編小説。

村上春樹著
村上朝日堂ジャーナル
うずまき猫のみつけかた
マラソンで足腰を鍛え、「猫が喜ぶビデオ」の効果に驚き、車が盗まれ四苦八苦。水丸画伯と陽子夫人の絵と写真満載のアメリカ滞在記。

ポー
巽孝之訳
黒猫・アッシャー家の崩壊
—ポー短編集I ゴシック編—
昏き魂の静かな叫びを思わせる、ゴシック色、ホラー色の強い名編中の名編を清新な新訳で。表題作の他に「ライジーア」など全六編。

青柳碧人著
猫河原家の人びと
—一家全員、名探偵—
謎と事件をこよなく愛するヘンな家族たち。私だけは普通の女子大生でいたいのに……。変人一家のユニークミステリー、ここに誕生。

井伏鱒二著
山《さん》椒《しょう》魚《うお》
大きくなりすぎて岩屋の棲家から永久に外へ出られなくなった山椒魚の狼狽をユーモア漂う筆で描く処女作「山椒魚」など初期作品12編。

江戸家魚八著
魚へん漢字講座
鮪・鰈・鮎・鯒——魚へんの漢字、どのくらい読めますか？ 名前の由来は？ 調理法は？ お任せください。これ1冊でさかな通。

佐藤多佳子著
黄色い目の魚
奇跡のように、運命のように、俺たちは出会った。もどかしくて切ない十六歳という季節を生きてゆく悟とみのり。海辺の高校の物語。

筒井康隆著
夢の検閲官・魚籃観音記
やさしさに満ちた感動の名品「夢の検閲官」から小説版は文庫初収録の「12人の浮かれる男」まで傑作揃いの10編。文庫オリジナル。

西加奈子著
窓の魚
私たちは堕ちていった。裸の体で、秘密の心を抱えて——男女4人が過ごす温泉宿での一夜と、ひとりの死。恋愛小説の新たな臨界点。

アンデルセン
天沼春樹訳
アンデルセン傑作集
マッチ売りの少女／人魚姫
あまりの寒さにマッチをともして暖を取ろうとする少女。親から子へと世界中で愛される名作の中からヒロインが活躍する15編を厳選。

庄野潤三著
プールサイド小景・静物
芥川賞・新潮社文学賞受賞
突然解雇されて子供とプールで遊ぶ夫とそれを見つめる妻――ささやかな幸福の脆さを描く芥川賞受賞作「プールサイド小景」等7編。

池波正太郎著
剣客商売⑨ 待ち伏せ
親の敵と間違えられた大治郎がその人物を探るうち、秋山父子と因縁浅からぬ男の醜い過去が浮かび上る表題作など、シリーズ第九弾。

安部龍太郎著
冬を待つ城
天下統一の総仕上げとして奥州九戸城を囲んだ秀吉軍十五万。わずか三千の城兵は玉砕するのみか。奥州仕置きの謎に迫る歴史長編。

梶尾真治著
杏奈は春待岬に
桜の季節に会える美少女・杏奈。その秘密を知った時、初恋は人生をかけた愛へ変わる。結末に心震えるタイムトラベルロマンス。

最果タヒ著
渦森今日子は宇宙に期待しない。
渦森今日子、十七歳。女子高生。宇宙探偵部っていう「?」な部活に入ってます。でも、実は私……。ポップで可愛い新たな青春小説。

燃え殻著
ボクたちはみんな大人になれなかった
SNSで見つけた17年前の彼女に「友達申請」した途端、切ない記憶が溢れだす。世紀末の渋谷から届いた大人泣きラブ・ストーリー。

芥川龍之介著　地獄変・偸盗《ちゅうとう》

地獄変の屏風を描くため一人娘を火にかけて芸術の犠牲にし、自らは縊死する異常な天才絵師の物語「地獄変」など〝王朝もの〟第二集。

浅田次郎著　薔薇盗人

父子の絆は、庭の美しい薔薇。船長の父へ息子の手紙が伝えた不思議な出来事とは……。人間の哀歓を巧みに描く、愛と涙の6短編。

司馬遼太郎著　国盗り物語（一〜四）

貧しい油売りから美濃国主になった斎藤道三、天才的な知略で天下統一を計った織田信長。新時代を拓く先鋒となった英雄たちの生涯。

星新一著　盗賊会社

表題作をはじめ、斬新かつ奇抜なアイデアで現代管理社会を鋭く、しかもユーモラスに風刺する36編のショートショートを収録する。

三島由紀夫著　盗賊

死ぬべき理由もないのに、自分たちの結婚式当夜に心中した一組の男女——精緻微妙な心理のアラベスクが描き出された最初の長編。

井上靖著　猟銃・闘牛　芥川賞受賞

ひとりの男の十三年間にわたる不倫の恋を、妻・愛人・愛人の娘の三通の手紙によって浮彫りにした「猟銃」、芥川賞の「闘牛」等、3編。

司馬遼太郎著

果心居士の幻術

戦国時代の武将たちに利用され、やがて殺されていった忍者たちを描く表題作など、歴史に埋もれた興味深い人物や事件を発掘する。

島田荘司著

写楽 閉じた国の幻（上・下）

「写楽」とは誰か——。美術史上最大の「迷宮事件」を、構想20年のロジックが打ち破る！ 現実を超越する、究極のミステリ小説。

天童荒太著

幻世《まぼろよ》の祈《いの》り 家族狩り 第一部

高校教師・巣藤浚介、馬見原光毅警部補、児童心理に携わる氷崎游子。三つの生が交錯したとき、哀しき惨劇に続く階段が姿を現わす。

夏目漱石著

倫敦塔《ロンドンとう》・幻影《まぼろし》の盾《たて》

謎に満ちた塔の歴史に取材し、妖しい幻想を繰りひろげる「倫敦塔」、英国留学中の紀行文「カーライル博物館」など、初期の7編を収録。

宮本　輝著

幻の光

愛する人を失った悲しい記憶を胸奥に秘めて、奥能登の板前の後妻として生きる、成熟した女の情念を描く表題作ほか3編を収める。

宮部みゆき著

幻色江戸ごよみ

江戸の市井を生きる人びとの哀歓と、巷の怪異を四季の移り変わりと共にたどる。〝時代小説作家〟宮部みゆきが新境地を開いた12編。

グリム
植田敏郎訳
ブレーメンの音楽師
―グリム童話集(Ⅲ)―

名作「ブレーメンの音楽師」をはじめ、「いばら姫」「赤ずきん」「狼と七匹の子やぎ」など、人々の心を豊かな空想の世界へ導く全39編。

P・オースター
柴田元幸訳
偶然の音楽

〈望みのないものにしか興味の持てない〉ナッシュと、博打の天才が辿る数奇な運命。現代米文学の旗手が送る理不尽な衝撃と虚脱感。

芥川龍之介著
蜘蛛《くも》の糸・杜子春《とししゅん》

地獄におちた男がやっとつかんだ一条の救いの糸をエゴイズムのために失ってしまう「蜘蛛の糸」、平凡な幸福を讃えた「杜子春」等10編。

芥川龍之介著
羅生門・鼻

王朝の説話物語にあらわれる人間の心理に、近代的解釈を試みることによって己れのテーマを生かそうとした〝王朝もの〟第一集。

芥川龍之介著
奉教人の死

殉教者の心情や、東西の異質な文化の接触と融和に関心を抱いた著者が、近代日本文学に新しい分野を開拓した〝切支丹もの〟の作品集。

芥川龍之介著
戯作三昧・一塊《いっかい》の土

江戸末期に、市井にあって芸術至上主義を貫いた滝沢馬琴に、自己の思想や問題を託した「戯作三昧」、他に「枯野抄」等全13編を収録。

芥川龍之介著

河童・或阿呆《あるあほう》の一生

珍妙な河童社会を通して自身の問題を切実にさらした「河童」、自らの芸術と生涯を凝縮した「或阿呆の一生」等、最晩年の傑作6編。

蓮實重彦著

伯爵夫人

三島由紀夫賞受賞

瞠目のポルノグラフィーか全体主義への不穏な警告か。戦時下帝都、謎の女性と青年の性と闘争の通過儀礼を描く文学界騒然の問題作。

星　新一著

ほら男爵現代の冒険

〝ほら男爵〟の異名を祖先にもつミュンヒハウゼン男爵の冒険。懐かしい童話の世界に、現代人の夢と願望を託した楽しい現代の寓話。

三島由紀夫著

サド侯爵夫人・わが友ヒットラー

獄に繋がれたサド侯爵をかばい続けた妻を突如離婚に駆りたてたものは？　人間の謎を描く「サド侯爵夫人」。三島戯曲の代表作2編。

古野まほろ著

オニキス

―公爵令嬢刑事　西有栖宮綾子―

皇室と英王室の血をひく監察官・西有栖宮《にしありすのみや》綾子が警察組織の不祥事を有り余る財力《カネ》と権力《チカラ》で解決！　全く新しい警察ミステリ、開幕。

岩瀬達哉著

血族の王

―松下幸之助とナショナルの世紀―

38万人を擁する一大家電王国を築き上げ、数多の神話に彩られた「経営の神様」の生涯を新資料と徹底取材で丸裸にした評伝決定版。

動《どう》物《ぶつ》たちのまーまー

新潮文庫　い-133-2

令和二年三月一日発行

著者　一《いち》條《じょう》次《じ》郎《ろう》

発行者　佐藤隆信

発行所　株式会社　新潮社

郵便番号　一六二―八七一一
東京都新宿区矢来町七一
電話　編集部(〇三)三二六六―五四四〇
　　　読者係(〇三)三二六六―五一一一
https://www.shinchosha.co.jp

価格はカバーに表示してあります。

乱丁・落丁本は、ご面倒ですが小社読者係宛ご送付ください。送料小社負担にてお取替えいたします。

印刷・三晃印刷株式会社　製本・株式会社植木製本所

ISBN978-4-10-121652-2 C0193